「詳しく話を聞かせてもらおう……国王よ」
そう言ったのはブロストン・アッシュオーク。
「早く本題に入ってくれ『龍使い《ドラゴンロード》』」
世界最大の犯罪組織『ブラックカース』のトップ。

瞬きする間も無くアンジェリカの目の前まで迫ったリックは、拳を放つ。

……しかし。
「ふっ!!」
アンジェリカはギリギリのところで躱した。

「神ならここにいるだろう？」
そう言ってサムズアップで自分を指さすイリブート。
「……はい？」

新米オッサン冒険者、最強パーティに死ぬほど鍛えられて無敵になる。

14

岸馬きらく

口絵・本文イラスト　Ｔｅａ

新米オッサン冒険者、最強パーティに死ぬほど鍛えられて無敵になる。⑭

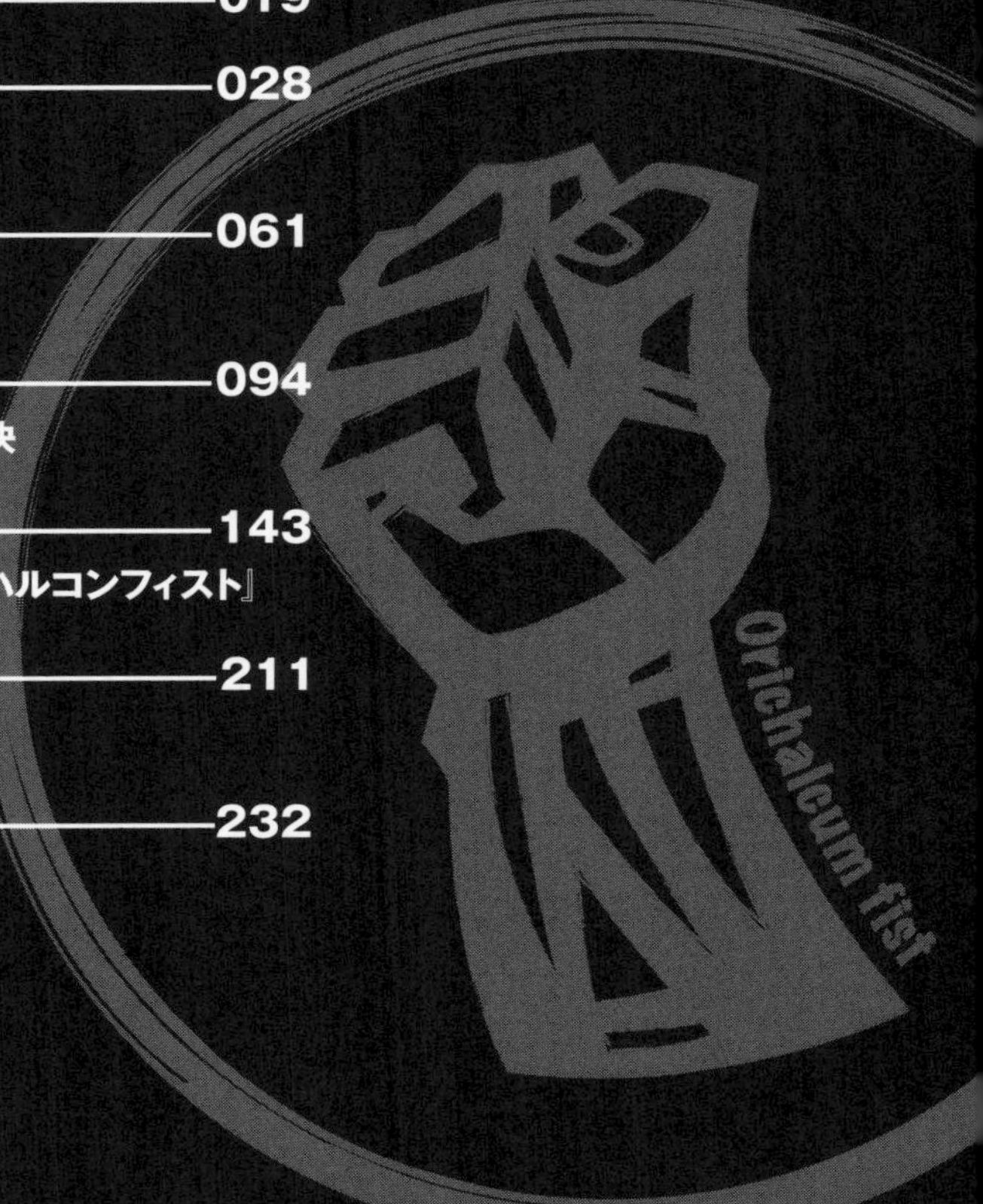

エピソードゲオルグ　醜《みにく》い黒龍《こくりゅう》と盲目《もうもく》の姫君《ひめぎみ》。

――『マルストピア王国建国戦記』より抜粋《ばっすい》――

千年前、初代国王ユーグリットと共に魔王《まおう》軍と戦った伝説のドラゴンがいた。
白銀の鱗《うろこ》を持つ美しいその白竜《はくりゅう》は、ドラゴンという種族が滅《ほろ》びた今も、ただ一匹《ぴき》ひっそりとこの国を見守っているという。

■■

――今より五百年前

【ウーラム山脈、国境付近】

黒龍ゲオルグは最強種族ドラゴン唯一《ゆいいつ》の生き残りである。
圧倒的《あっとうてき》な基本ステータスと四つの強力な特殊《とくしゅ》能力を持つそのドラゴンはまさに最強の生

物と言ってもいい。

そんなゲオルグだが、近ごろある強敵の脅威《きょうい》に晒《さら》されていた。

――あーもう、痒《かゆ》いー!!

巨大《きょだい》な体を不器用にくねらせながらそう言った。

その脅威とは背中に付いたノミである。

コイツが背中をチクチク噛《か》んできてどうしようもなく痒いのである。

そんなもの取ればいいではないかとか言ってはいけない。

ゲオルグはドラゴン。

ドラゴンは図体《ずうたい》の割に手が短く、体の背面に手がまったく届かないのである。

そしてこの強敵は何度水浴びしても、背中を岩に擦《こす》り付けても一向に取れる気配がしない。

毛繕《けづくろ》いをしてくれるような相手がいればいいのだが。ドラゴン唯一の生き残りである彼《かれ》にそんな相手はいなかった。

……まあ、あの頃《ころ》からそんな相手はいなかったが。

――背中をかくことすらできないとか完全に欠陥《けっかん》構造じゃないか。頑丈《がんじょう》ならいいわけじゃないんだぞ神様……。

そんなことを言いながらジタバタとしていると、足元に何かの感触《かんしょく》を感じた。
と同時に。
ガシャン、という何かをひっくり返した音が聞こえてきた。
――ん？
気になって下を見てみると、荷物を載《の》せた馬車が倒《たお》れていた。
どうやら気づかない間に人の通る山道の方に出てしまったらしい。
そして商人の一団が通りかかったのに気づかず、馬車を蹴飛《けと》ばしてしまったようだ。
――あちゃー
ふと、脳裏《のうり》にある言葉が蘇《よみがえ》る。
『この国の民は僕《ぼく》の家族だ。だからゲオルグ、君に僕の家族を任せたよ』
分かってるさ。うん、分かってる。
――ごめんね。大丈夫《だいじょうぶ》？
「「ひぃぃぃぃぃぃぃぃぃ！」」

ゲオルグの言葉を遮《さえぎ》るように、商人たちが悲鳴を上げる。

どうやら襲《おそ》われたと勘違《かんちが》いしてるらしい。

中年太りした商人がゲオルグのことを指さして震《ふる》える声で言う。

「ま、魔物《まもの》。この国境周辺に現れるという『泥《どろ》の魔物』だ！」

——あ、いや。僕は高密度の魔力《まりょく》が主食のブラック・ドラゴンだから、人を食料にする魔物とは違《ちが》っ。

「あらゆる穢《けが》れを混ぜ込《こ》んだ黒い泥に覆《おお》われた体。聞きしに勝るおぞましく醜悪《しゅうあく》な姿の化け物だ……」

「気をつけろ！　あの泥に一度触《ふ》れれば全身に毒が回り、骨から腐《くさ》っていくらしいぞ！」

——うわ、酷《ひど》い言われようだなあ……。

少し悲しい気分になるが、彼らの言わんとすることも分からなくもない。

ゲオルグは怖《こわ》くて汚《きたな》らしい見た目をしている。

今にも目の前の獲物を食い殺さんとするような鋭《するど》い目つき。人間なぞ軽く撫《な》でただけで蹴散《けち》らせてしまえそうな（横にも）大きい体。そして、全身は泥をかぶせたように真っ黒である。

（あー、なんかあそこの新人っぽい子とかオシッコ漏《も》らしちゃってるし）

ただ、弁明させて欲《ほ》しいところもある。

商人たちが『あらゆる穢れを混ぜ込んだ黒い泥』と言っているのは、泥じゃなくて全身を覆う黒い毛なのだ。汚《よご》れてるんじゃなくてそういう模様なのである。あと、目つきが怖くて体格がでっぷりしてるのも生まれつきである。

馬車を倒してしまったのは申し訳ないが、別に人を襲ったりはしないのである。

（……むしろ、できることなら人間たちと）

パン、パン、パン。

と、銃声《じゅうせい》が響《ひび》き渡《わた》った。

商人たちが持っていた火筒《ほづつ》でゲオルグを撃《う》ってきたのである。

「き、効いていない？」

「クソッ！」

当然の話である。ドラゴンの体皮をそんな小さい火筒で貫《つらぬ》けるわけがない。

――あのー、別に君たちを襲う気は。

「クソがあああ、これでも食《く》らいやがれ！」

落ち着いて話を聞いて欲しい。

そんなことを思っているゲオルグに対し、商人が取り出したのは『マジックポット』と呼ばれる円柱状の道具である。

その名の通り、魔法使《まほうつか》いでなくても事前に中に込めた魔法を放つことができる道具だ。

「へへへ、護身用に奮発しといて助かったぜ」

マズイ。

——それ、止《や》めといた方が。

「給料二か月分の威力《いりょく》を食らえ！　炎熱系第五界綴魔法《えんねつけいだいごかいていまほう》『ハイパー・ボルケーノ・アロー』!!」

轟音《ごうおん》と共に筒《つつ》から放たれた巨大な火の槍《やり》が、給料二か月分の凄《すさ》まじい勢いで飛んでくる。

巨大なオークですら一瞬《いっしゅん》で豚《ぶた》の丸焼きにするほどの威力である。

が。

火の槍はゲオルグの黒い毛に触《ふ》れた瞬間《しゅんかん》、その方向を１８０度変えた。

「え？」

——キョトンとしてない早く逃《に》げ。

しかし、遅《おそ》かった。火の槍は直撃《ちょくげき》こそしなかったものの、給料二か月分の衝撃波《しょうげきは》をまき散らし商人たちを吹《ふ》き飛ばした。

「「ぐわあああああああああああああ!!」」

――……だから言ったのに。

我の全身を覆う黒い毛は、ただの汚い模様をした毛ではない。「あらゆる魔法を問答無用で反射する」唯一無二《ゆいいつむに》の特殊な力を持った体毛なのである。

「ば、化け物だ……」

「逃げろー!!」

「おい、『商品』はどうするんだよ!」

「馬鹿野郎《ばかやろう》。また、さっきみたいな攻撃《こうげき》されて死ぬよりはマシだ!」

そう言って、散り散りに逃げていく商人たち。

というか、攻撃したのはそっちなのだが……。

――……はあ。

商人たちの姿が消えて静かになった山道にため息が響く。

――そう言えば、商品とか言ってたか。直接返しに行くわけには行かないし、とりあえず関所の前にでもコッソリ置いてくるかな。

倒れた馬車に近寄ってみると、中から何か出てきた。

人だ。

ボロ布のような服を着せられ首輪をつけられた人だった。

どうやら、奴隷《どれい》商人だったらしい。五人ほど、それも若い女性ばかり。皆《みな》ろくな食事を与《あた》えられていなかったらしく痩《や》せ細《ほそ》っている。鞭《むち》の後も痛々しい。この状態で関所まで歩くのは辛《つら》いに違いない。

少女たちの方に鋭い爪《つめ》の生えた手を伸《の》ばしながら言う。

——大丈夫か君たち？　よければ僕が関所まで運んで。

「いやぁ！　来ないで‼」

『あ……』

ハッとして我は少女たちを見る。

「……あ、あ、あ」

「いやぁ！」

「ごめんなさい……ごめんなさい……」

少女たちは恐怖《きょうふ》に体を震わせながら、こちらを見ていた。たぶん、奴隷商人に鞭を撃たれるときでもここまで怯《おび》えはしないだろう。

ゲオルグが手を引っ込めると、少女たちは奴隷商人と同じように一心不乱に我の前から逃げて行った。

そうだ、仕方のないことだ。

自分は怖くて、醜くて、不潔な『泥の怪物《かいぶつ》』なのだから。

「……あの」

不意に足元から声が聞こえた。

十代半ばの少女がそこにいた。プラチナのような美しい銀髪《ぎんぱつ》が目に眩《まぶ》しい。奴隷の中でも飛びぬけて目を引く、いっそ幻想的《げんそうてき》と言っていい美しい容姿の少女だった。

「アナタが助けてくれたんですよね？」

——え？　まあ、助けたと言えば助けたのかな？

ゲオルグがそう言ったのを聞くと、少女は深く頭を下げて言う。

「……ありがとうございます。何かお礼をさせてください」

——……。

ゲオルグはしばし呆然《ぼうぜん》としていた。

「どうされました？」

——いや、君は逃げないの？

商人や他の少女たちのように。

しかし、少女は首をかしげて言う。

「あなたは私を奴隷商人たちから助けてくれた方ですよね。なぜ逃げる必要が？」

そこでゲオルグは気づく。

——君、目が……。

少女の瞳《ひとみ》が閉じられていること。そして、閉じられた二つの瞳を横切る深い傷痕《きずあと》。

少女には見えていないのだ。ゲオルグの姿が。

「はい、私は五つの頃から目が見えません。でも、分かりますよ」

少女はゆっくりと語りだした。

「貴方《あなた》の言葉と声音《こわね》は……優《やさ》しかった。私のことを本当に心配してくれているのが伝わってきましたから」

少女は空中を探《さぐ》るように手を伸ばし、ゲオルグの体に触れた。

いつ以来だろうか、人の温かさを感じるのは。

小さな温《ぬく》もりが全身に広がっていく。

「それで、なにか助けてもらったお礼がしたいのですが……」

『ああ、お礼ね』

ゲオルグは少し動揺《どうよう》しながらも考える。

『じゃ、じゃあ』

ゲオルグは恐《おそ》る恐る口にする。

――背中のノミを取ってもらえないかな？　どうしようもなく痒くて。あ、でも目が見えないと。

「確かに私は目が見えませんが……それでも助けていただいたお礼ですから。よろしければ挑戦《ちょうせん》させてください」

少女は瞳を閉じたまま笑顔《えがお》でそう言ったのだった。

□□

「ゲオルグさーん」

男の声に呼びかけられて、ゲオルグは夢から目を覚ました。

「捜しましたよー」

――ああ、リックくん。ディルムット公国以来だね。

ゲオルグはそう言って体を起こす。

自分が寝《ね》ていたのは『帝国《ていこく》』の外れにある小さな山。その洞窟《どうくつ》の中だった。

ゲオルグはかなりの巨体《きょたい》であるため、なかなかその姿をゆったりと隠《かく》せる場所は少ない。ここはそんなゲオルグが気に入っている隠れ家《が》の一つだった。

(懐《なつ》かしい夢だったな)

温かい時間の夢だった。

今は遥《はる》か昔の夢。

「用事の方はまだ終わってないですか?」

リックの言葉に大きな頭を動かして横にふる。

――ううん。行ってきたよ。

「お花、持ってるからまだなのかなと思ったんですけど」

リックはゲオルグの足元にある花束を指差してそう言った。

――ああ、これね。実は彼女《かのじょ》のお墓、ここ最近献花《けんか》が多すぎて一人一輪までって決まったらしくてさ。だから一番綺麗《きれい》に咲《さ》いてたものを置いてきたんだ。

「……そうですか。ゲオルグさんは一般《いっぱん》の参拝客とは違うんですから、気にしなくてもいいんじゃないですかね?　多少は迷惑《めいわく》かもしれませんがそれくらいはやってもいい立場だと思いますけど」

昔の話を聞いてもらったことのあるリックは、そんな風に言ってくれる。

——いいんだよ。彼女が皆から好かれてるなら……それが一番だからね。

「そうですか……」

リックはそう言ってゲオルグが見つめている方角と同じ、どこでもないどこか遠くを見つめる。

こんな風に郷愁《きょうしゅう》に付き合ってくれる相手ができたことを知ったら、彼女は喜ぶだろうか？

案外嫉妬《しっと》深《ぶか》いところがあったから、頰《ほお》を膨《ふく》らませたりするだろうか？

そんなことを考える。

——それで、リックくん。何か用事なの？

「はい、ゲオルグさんにも力を貸して欲しい戦いが迫《せま》ってます。『六宝玉』を集める戦いの最終決戦ってところですかね」

——分かった。ラインハルトも合流したんだもんね。僕も力添《ちからぞ》えさせてもらうよ。

ゲオルグがそう言うと、リックは少しワクワクした様子で言う。

「ありがとうございます。『オリハルコンフィスト』が全員集結して戦うのは初めてですね。ちょっと楽しみですよ」

プロローグ

『王国』の王室が提案した『六宝玉』の奪《うば》い合いに関しての、詳《くわ》しい取り決めを行う会合が開かれたのはある特別な場所であった。

『楽園』。

王族のみが立ち入れる王都内の区画である。

高い壁《かべ》に遮られ厳重な警備がなされているその場所は、手入れされた花々と小さな墓が一つだけある静謐《せいひつ》な空間であった。

確かに死後に良き人が誘《いざな》われる楽園と言っていい風情《ふぜい》がある。

ここは初代国王ユーグリット・マルストピアが千年前に眠《ねむ》った墓地である。

本日はその神聖なる場所に、大理石でできたテーブルが用意されていた。

「招待に応じてくれて感謝する」

そう言ったのは白い口髭《くちひげ》を蓄《たくわ》えた五十代の男。

ラファエル・マルストピア。現『マルストピア王国』の国王である。

左右には騎士《きし》を控《ひか》えている。騎士は着ている制服で階級がわかる。

一人は一等騎士の女、そしてもう一方は特等騎士であった。

さすがに大国の国王ともなれば、Sランク級の力を持ち王国最高戦力とも呼ばれる特等騎士を護衛につけてしかるべきということだろう。

だが、この場において果たしてSランク級の護衛一人だけで足りるのかと言えば、そこは疑問を挟《はさ》む余地があるだろう。

「まだ提案を呑《の》んだわけではないがな。詳しく話を聞かせてもらおう……国王よ」

そう言ったのはブロストン・アッシュオーク。

『オリハルコンフィスト』の代表として会合に参加していた。

「……必要以上の雑談を好む趣味《しゅみ》はない、早く本題に入ってくれ」

椅子《いす》に深く腰掛《こしか》け、足を組んで座《すわ》っているのは黒い衣装《いしょう》を全身にまとった白髪《しらが》の美青年だった。

『龍使い《ドラゴンロード》』

世界最大の犯罪組織『ブラックカース』のトップにして、世界最悪の犯罪者と言われる男である。

ブロストンもあまりこの場所にふさわしくない見た目をしているが、これほどまでに聖域にふさわしくない男もいないだろう。

来客としてやってきて、現在設置されたテーブルに腰掛けるこの二人は当然ながら『超越者《ちょうえつしゃ》』の領域に足を踏《ふ》み入れている。

だからこそ、Sランクが一人くらいでは心許《こころもと》ない。

しかしラファエル国王は特に恐れた様子もなく言う。

「……ふう。まったく。一応私はこの国の国王なのだがな。せっかくこちらの誠意を示すために『楽園』にまで招待したと言うのに」

そうため息をつきつつ、仕方ないと本題に入る。

「まず、戦いのルールだが設定したフィールド内で行う。その中で『六宝玉』を取り合う形だな。時間は二日間。終了《しゅうりょう》時に最も多く『六宝玉』を持っていた陣営《じんえい》が六つ全てを所有し、他の陣営は一年間手出しができないように、この場で盟約魔法による契約《けいやく》をしようと思っている」

「……ふむ。確かにそれはシンプルで公正だな」

ブロストンはそう頷《うなず》いた。

現状四つの『六宝玉』を持っている『オリハルコンフィスト』に有利なようになっている。

「……」

一方『龍使い』は黙《だま》って足を組んで座ったままである。

「……だが一つ疑問があるぞ、国王よ」

ブロストンが尋《たず》ねた。

「なんだ？」


「このルールでお前たちが我々に勝てる勝算が分からん」


ブロストンは大国の国家元首を前にそう言った。

背後に控えている騎士たちの表情に怒《いか》りが浮《う》かび上がる。

「そう苛立《いらだ》つな、護衛の騎士たちよ」

ブロストンは彼らの方を見て言う。

「別に驕《おご》りでも、お前たちを見くびっているわけでもない。伊達《だて》に大陸最強と呼ばれてない。事実として我々の戦力が圧倒的だから言っているのだ。少なくとも……」

ブロストンはそこで殺気を放った。

「俺《おれ》と同レベルの戦闘《せんとう》能力を持つものが、あと数人はいるのだぞ？」

ゴオッ!!

「「!?」」

と、その場の空気がまるで鉛《なまり》にでもなったかのような感覚を騎士たちは覚えた。

戦闘者である彼らにはそれだけで十分に分かってしまう。

目の前のオークの言っていることは事実だ。

こんなわけの分からないレベルの怪物があと数人いるのだ。

確かに相手が国家そのものだろうがなんだろうが、知ったことではないだろう。

その時。

「とんでもない圧を感じて来てみれば……ラファエル様、何か失礼なことでも言ったのですか？」

楽園の入り口の方から一人の男が現れた。

灰色の騎士装束《きししようぞく》を着た騎士である。

年齢《ねんれい》は六十五歳《さい》と現役《げんえき》で戦うにはかなり年を取っているが、背筋の伸びた筋骨隆々《りゆうりゆう》の肉体は若々しい。

一目で強者だと分かる威風堂々《いふうどうどう》とした姿だ。何よりブロストンが加減なしで放っている圧の中で平然としている。

「エルリック特等騎士!!」

護衛の騎士の一人がそう言った。

「騎士団《きしだん》の『超越者』か……」

『龍使い』はそう呟《つぶや》く。

「この神聖な場所に、お前のような罪人が踏み入れてると知ったら、先代の王たちはさぞ嘆《なげ》くだろうな」

「……国民として神聖視するのは仕方ないと思うが、元々ここは初代国王が建国の精神である「我《わ》が国《くに》の民は家族」を忘れないように、代々王族本人にこの墓の手入れをするよう遺言《ゆいごん》に残した場所だ。自らの手で先祖の墓を手入れする。庶民《しょみん》たちがやっているような手作業をあえて義務にすることで、あくまで自分たちも国民と同じなのだということを思い出させるのが目的なわけだな……つまりはあまり神聖視しすぎるのは本来の目的から外れていると思うぞ」

「……ほう詳しいな」

「知識を仕入れるのはライフワークだからな」

お互《たが》い睨《にら》み合う『龍使い』とエルリック。

とそのとき。

「……あ、圧を収めてくれ三人とも。私は戦闘者としてはからっきしなので、その圧の中に長くいるのは苦しい」

国王が冷《ひ》や汗《あせ》をかいて顔を青くしていた。

「ああ、これは失礼した」

そう言って殺気を仕舞《しま》うブロストン。

エルリックも『龍使い』も圧を沈《しず》める。

空気が一気に元に戻《もど》り軽くなった。

ふう、と一息つく国王。

「まあ……だが、それでこちらからも提案があるのだ。どの陣営も参加人数は無制限ということにしてほしい」

「なるほどな……」

ブロストンは少し考えたが。

「まあ、それくらいなら構わないか。こちらも人数を増やしていいわけだからな」

「俺もそのルールなら乗る」

先ほどまで黙っていた『龍使い』がそう口を開いた。

それを聞いてラファエル国王は嬉《うれ》しそうに手を打った。

「うむ。ではさっそく盟約魔法の準備をさせよう」

ラファエル国王がそう言うと、護衛の一人が魔術師《まじゅつし》たちを呼びに行った。

「話の早い方々で助かりますな……二人ともいちパーティの冒険者《ぼうけんしゃ》や犯罪者にしておくには惜《お》しい人材だ。どうだろう、是非《ぜひ》『王国』のためにその力と頭脳を活《い》かしてもらえないだろうか?」

そういったラファエル国王に対し。

「オレはいち冒険者としての気楽な状況《じょうきょう》が性に合っているのでな」

「余計なお世話になるが、国家が俺のような大量殺戮《さつりく》犯を身内に入れるのはお勧《すす》めしないぞ」

二人ともそんな風に返した。

「……むう、そうか」

残念そうに眉《まゆ》を顰《ひそ》めるラファエル国王。

一方ブロストンは、盟約魔法の準備をする魔術師たちを見て言う。

「そう言えば、どこで戦いを行うのか聞いていなかったな。今回は間違《まちが》いなく『超越者』

同士の戦闘も行われる。使える場所も限られると思うが？」

「ああ、そのことか。安心なされよ、全ての宝玉の所有権を争うにふさわしい場所で行う予定だ」

そして国王は太陽が昇る方向を指差した。

「『根源の螺旋《らせん》』のある最果ての島……『ジパング』。そこがこの宝玉を争う大戦の舞台《ぶたい》となる」

第一話　伝説の地

「『ジパング』……ついに俺が足を踏み入れるのか」

リックは甲板《かんぱん》の上で手すりにもたれかかりながらそんなことを呟いた。

現在リックは海の上にいた。

乗っているのはミゼットの作ったどういう仕組みで動いているのかさっぱり分からない船である。

「感慨深《かんがいぶか》いですか？　リック様」

いつの間にか隣《となり》に立っていたのはリーネットである。

今日も相変わらずのメイド服。褐色《かっしょく》の肌《はだ》に抜群《ばつぐん》のスタイル、それからクールだが可愛《かわい》らしい顔立ちに凄《すご》くマッチしている。

「ああ……凄く。『英雄《えいゆう》ヤマトの伝説』に出てきた最後の舞台だからな」

そう。

今リックたちが向かっている場所。

大陸をひたすら東へ進み『王国』を越《こ》え、さらには『帝国』も横切り、そして大陸の果てから船で海を渡る。

そしてその先にあるのが最果ての島『ジパング』。

大英雄ヤマトがその冒険《ぼうけん》の最後に辿《たど》り着いた場所。『根源の螺旋』の入り口があると言われている場所である。

ちなみに今回は『オリハルコンフィスト』フルメンバーである。

ラインハルトも船に乗っているし、ゲオルグもその巨体を船にロープで結びつけた巨大な筏《いかだ》の上ですやすやと日に当たりながら眠っている。

「……地元の皆、元気にしてるかなあ」

リックはふと、そんなことを呟いた。

「受付をしていたタイガーロードの方達《たち》のことですか？」

「ああ、まああとは両親とか地元の友達とかさ……ちょっとそんなことを思った」

「では、この一件が終わったら会いに行きますか？」

リーネットがそう言った。

「その時は私もご一緒《いっしょ》させてもらえると嬉しいです。前に一時期滞在《たいざい》しましたが、リック様の故郷を改めて案内してもらいたいですから」

「……ああ、そうだな。それは楽しみだ」

リーネットを連れて帰った時の皆の反応が楽しみだな……と、決戦を前にそんなことを考えたリックであった。

□□

一方その頃。

王国騎士団の騎士たち総勢一千名を乗せた船団が、同じくジパングに向かっていた。

「……最低でも二等騎士以上でこの人数を集めるなんて、とんでもない気合いの入れようですわね」

呆《あき》れたようにそう呟いたのは一等騎士のアンジェリカ・ディルムット。

艶《つや》やかな金髪《きんぱつ》をツインテールにした少女である。

よくよく見てみれば、顔立ちは華《はな》やかに整っていてかなりの美人なのだが少々お転婆《てんば》というか、どこか庶民的《しょみんてき》で親しみやすい雰囲気《ふんいき》をまとっている。

「特等騎士を何人か残しているとは言え、国内の警備や軍事がザルになりますわよ……『帝国』がこの隙《すき》に攻《せ》めてきたらどうするつもりなのかしら」

そんなことを呟くアンジェリカに対し。

「それに、ついこの前まで重症患者《じゅうしょうかんじゃ》だった君まで引っ張り出す始末だしね」

アンジェリカの背後からそう言ったのは、同じ一等騎士の制服を着た青年である。

シルヴィスター・エルセルニア。

１９０ｃｍを超える背丈《せたけ》と端整《たんせい》な顔立ちにピンと伸びた背筋。

いかにも高潔な騎士らしい見た目の青年だが、彼は甲板に置かれたテーブルで賭《か》けポーカーの最中であった。

「君も一緒にどうだい？　アンジェリカさん」

「お気楽ですわね、シルヴィスター一等騎士」

「まあ、緊張《きんちょう》しろと言われてもね。確かに大陸最強と呼ばれるほどの実力は警戒《けいかい》しなくちゃだけど、これだけの戦力で戦うんだから多少は気が抜《ぬ》けざるをえないよ。『帝国』との全面戦争ってことなら話は別だけどさ。どちらかと言えば『ブラックカース』の犯罪者たちの方が、脅威だと思うね」

シルヴィスターはそんなことを言った。

「そうだぞ、アンジェリカ一等騎士」

「一等騎士になって初めての大規模作戦だからってあんまり肩《かた》の力を入れると疲《つか》れちゃう

ぞ」

シルヴィスターとテーブルを囲んでいる他の騎士たちもそんな感じであった。

「……シルヴィスター。右端《みぎはし》とその隣の二枚、捨てるといいですわよ」

アンジェリカはシルヴィスター手札をチラリと見るとそう言った。

「ん？　そうなのかい？　まあ高い金額賭けてるわけでもないし、最近のアンジェリカ嬢《じょう》の勘《かん》はよく当たるしね」

そう言って言われた通りに、カードを捨てるシルヴィスター。

そして山札からカードを引くと。

「おお!!　これは!!　ストレートフラッシュだ!!」

手札全てのカードがハートで三から順番に揃《そろ》ったのである。

「うお!!　負けた!!」

頭を抱《かか》える他の騎士たち。

「ありがとうアンジェリカ一等騎士。君は勝利の女神《めがみ》だね」

「……どういたしまして」

アンジェリカはゲームで盛り上がる同僚《どうりょう》を見て思う。

実際のところ『オリハルコンフィスト』に対する世間の認識《にんしき》はこんなものだ。

大陸最強と言われ名前は聞いたことがあるものは少なくないが、その存在を実態通りに信じている者は少ない。

曰《いわ》く、十名以下のその戦力は大国に匹敵《ひってき》する。

曰く、五名の『超越者』が所属している。

曰く、大陸における全ての組織の中で最強の戦力を有する。

実際に深く関わったことのあるアンジェリカは事実であると分かるのだが、確かにこんなものを伝聞で聞かされれば、嘘《うそ》であると思うか少なくとも話がだいぶ盛られてると思うに違いない。

シルヴィスターたちもそんな感じの認識である。

知っているのは実際にその強さを目にしたものたちだけ……そして実際に目にした者たちの中にも「あれは何かの夢だったに違いない」と思《おも》い込もうとするのだ。

なので、アンジェリカは親切心で教えることにする。

「『オリハルコンフィスト』には、リックがいますわよ」

ピタリ、とシルヴィスターのカードをめくる手が止まった。

「リックって、あのEランク試験の時にいた中年のことかい？」

「ええ。そして私の知っている限りは、アレより強いのが少なくともあと三人は『オリハルコンフィスト』にいますわ」

「……」

ダラダラと全身から汗を吹き出すシルヴィスター。

ガタリと席を立つ。

「おい。どこ行くんだよシルヴィスター」

一緒にゲームをしていた騎士が尋ねる。

「いや、着くまで時間があるから少しでも訓練をしておこうかなと」

「はあ？　なんのために？」

「少しでも死ぬ可能性を下げるためかな。あと遺書も書いておかないといけないな」

シルヴィスターは白目を向いてそんなことを言った。

「……まあ、そうなりますわよね」

アンジェリカはそんなシルヴィスターを少し憐《あわ》れむような目で見ながらそう呟いた。

ちなみにアンジェリカの方は、もちろん遺書は準備済みである。

あの化け物たちが相手と聞いた瞬間に書き始めた。

まあ顔見知りなので死なない程度の加減はしてくれるとは思うのだが……。

「それに……なにか嫌《いや》な予感もしますしね」

世界最大の犯罪組織も絡《から》んでいるからか、どうしても不穏《ふおん》な予感を感じてしまうアンジェリカ。

(ですが……こちらにも……)

アンジェリカは船の後方を見る。

「今日もいい天気だね」

一人の少年が海の上を歩いていた。

ミハエル・マルストピア。

王国の第二王子にして、国家最強戦力である特等騎士の頂点に立つ男。

「……魔力《まりょく》を全く使用していない。足が沈む前に足を上げているわけでもない。本当にどうなってるんですの」

アンジェリカも公爵令嬢《こうしやくれいじよう》ということで何度か祝いの席などで話したこともあり、話自体は聞いていた。

第二王子の戦闘能力は人智《じんち》を超えている……と。

だが、他の騎士たちが『オリハルコンフィスト』の強さを信じられなかったように、こうして目の前でその異常性を見せられるまで、アンジェリカもミハエルの強さを実感できていなかった。

いや。

今なら普段《ふだん》のちょっとした日常の動きから、十分にその尋常《じんじょう》ならざる身体操作能力は感じ取ることができる。

つまり……まあ、本当に凄い者が何が凄いか感じ取れる程度には自分の実力が上がったということだろう。

「……女性初の特等騎士。道は遠そうですわね」

□□

そこは特にこれといった特徴《とくちょう》のない『王国』の田舎町《いなかまち》であった。

領主も穏《おだ》やかな人柄《ひとがら》の男爵《だんしゃく》で税も多くは取らず、領民たちは皆農業や畜産業《ちくさんぎょう》を小規模に営んでそれなりに豊かに暮らしている。

そんな中でも平民出身だが国お雇《やと》いの考古学者で地位も収入もある立場にあるビル・ラナマン家の家は豪邸《ごうてい》と言うほどではないが立派なもので広い庭も手入れが行き届いていた。

その庭で遊んでいる一人の少女、アイリ・ラナマン。

年齢はまだ十歳に満たないくらいだが、少し吊《つ》り上がったまつ毛の長い目がすでに気の強い美人な雰囲気を醸《かも》し出している。

「えい!!　えい!!」

そんなアイリが今何をしているかといえば、木を加工して作られた板のようなもので、落ちている木の実を庭の木に向かって打ち込《こ》んでいるのである。

「おかしいわね。どうすれば旅館にいたオッサンとおっぱいエルフみたいに打てるのかしら」

「……なにやってるのさ、アイリちゃん」

「ユキトはどうすれば、あの二人みたいな球が打てると思う?」

ユキトと呼ばれたアイリと同じくらいの年の白髪の少年は、あまり表情を変えずに言う。

「相変わらずお転婆だね……またビルさんに少しくらいは女の子らしくしなさいって言われちゃうよ」

「ふん。やろうと思えばそんなの簡単よ!!」

「……ふーん」

「あー!!　その目!!　全然信じてないわね。や、やれるんだからね。淑女《しゅくじょ》らしい振《ふ》る舞《ま》いくらいできるんだからね!!」

若干《じゃっかん》ムキになってそんなことを言うアイリ。

もともといじっぱりな性格だ。こうなると下手につつくと面倒《めんどう》くさい。

「……ねえ、ユキト」

少しすると、声の勢いをなくして聞いてくる。

「なに？　アイリちゃん」

「やっぱりさ……ユキトも女の子らしい子の方が好き……？」

ユキトは少し考えた後に言う。

「うーん、どうだろう。ただ女の子らしい女の子は、可愛いと思うよ」

「そう……やっぱりそうよね……」

アイリは少し考えた後に言う。

「ねえ、ユキトはウチのお母さんの作るスープ好きよね」

「うん。おいしいよ」

「アタシ、今度作ってみるからユキトも味見してよ」

少し顔を赤らめながらそんなことを言ってくるアイリ。

そんなアイリの顔をユキトは少し普段の無表情を綻《ほころ》ばせて見つめる。

「……ふふ、うん。楽しみにしてるね」

そこで、ユキトは何かに気がついたかのように、不意に後ろを振り返る。

「どうしたの？」

「……いや、そろそろ家に戻らないと。用事があって、少しの間来られないと思う」

「えー、そうなのー。じゃあ、用事終わったらすぐに来なさいよね!!」

口を尖《とが》らせるアイリに、ユキトは小さく頷いてラナマンの家を後にした。

そのまま、しばらく人気《ひとけ》のない山の方へ歩いて行くユキト。

歩きながら、その足元に魔《ま》法陣《ほうじん》が出現する。

そしてその足元の魔法陣がゆっくりと上に上がって行くにつれて、ユキトの姿も変わって行く。

背が伸《の》びて、髪《かみ》も伸び、無表情な顔はむしろ世界の全てを冷静に観察するかのようなモノに。服装も漆黒《しっこく》のローブに変わる。

そして青年の姿になったユキトの前に。

バサリ!!　と。

空から巨大《きょだい》な何かが降りてきた。

地面に降りただけでドンという地響《じひび》きのような音を鳴らしたその生物は、レッドワイバーン。

ドラゴンに匹敵する戦闘能力を持つモンスターであり、手懐《てなず》けるのが非常に困難な生物である。少なくとも性質として自分よりも遥かに強い者の言うことしか聞かない。

そんな猛獣《もうじゅう》を完全に手懐けているのは、胸にⅦのマークが刻まれた女である。

長身で誰《だれ》もが羨《うらや》むような豊満な胸とくびれたウエストを持つ妖艶《ようえん》な美女で、髪や目だけでなく、皮膚《ひふ》から口の中まで全身が赤色の女。

人間族の外見的特徴が揃っているのだが、しかし、体の色素が明らかに異常である。

さらに言えば、その赤い目。

見るものが見れば分かる。道徳とか倫理《りんり》とか、そういうものを完全に捨て去っている者の目である。

そんな女がレッドワイバーンを降り、青年の前に跪《ひざまず》く。

「お迎《むか》えに上がりました。『龍使い』様」

「……ご苦労だなアハバー、他の連中は？」

「各々《おのおの》すでに『ジパング』へ向かっております」

「そうか。団体行動に向いてない連中だが、こういう時は楽だな」

そう言って世界最悪の犯罪者『龍使い』は、ワイバーンの上に飛び乗る。

「……妬《や》けますね」

アハバーと呼ばれた女は、ラナマンの家の方を見ながらそう呟く。

「なんだ？　また抱《だ》かれたいのか？」

「いえ、体の交わりだけでは感じられないもの……純粋《じゅんすい》な愛ですよ。羨ましいですねえ」

□□

『ジパング』は大陸を東に抜け、海を渡《わた》った先にある弧状《こじょう》列島と呼ばれる形をした島々のことである。

広いところで300km程度の幅《はば》があり、長さは3500km程《ほど》。

陸地面積の75％に及《およ》ぶ範囲《はんい》が山地、山麓《さんろく》で、平地は少ない。

その大部分は温暖で湿潤《しつじゅん》な気候であり、梅雨《つゆ》や台風、また季節風の影響《えいきょう》による豪雪《ごうせつ》の影響などにより侵食《しんしょく》が激しい。

さらには地震《じしん》や火山が多く、自然災害が非常に多い場所と言えるだろう。

だが四季があり自然が豊かであり、本来は人間が住むのには非常に適している。

なのにこの場所には一部を除いて人が住んでいない。

理由は単純である。

「あまりにも魔力の濃度《のうど》が濃《こ》すぎる」のである。

「……ふう。それにしても、本当に濃いんだな。肌で感じ取れるレベルだ」

ミゼットの船から降りたリックは、一つ大きく呼吸をしてそう呟いた。

自然界に空気と共に常に流れている魔力。本来はむしろ濃いほうが人体には良い影響があるとされているのだが、『ジパング』の魔力濃度《まりよくのうど》は大陸でもっとも平均の魔力濃度が濃いとされる『エルフォニア』の三百五十倍。

ここまで濃いと、その場にいるだけで外から流れてくる自然の魔力を処理しきれずに、体調不良がおき、運が悪ければ衰弱死《すいじゃくし》する。

高い魔力量や、魔力操作能力といった高濃度《こうのうど》な魔力に対する耐性《たいせい》が必須《ひっす》である。

さらに言えば。

グオオオオオオオオオオオ!!

と、突如《とつじょ》、森の中から巨大な狼《おおかみ》型のモンスターがリックたちに襲《おそ》いかかってきた。

「シルバーバックか!!　にしてもデカいな!!」

その高濃度の魔力は上級モンスターにとっては格好のエネルギー源であり、『ジパング』に生息するモンスターは最低でも危険度六。冒険者で言えばBランク以上でなければ対処できない。

まあ、もっとも……ここにいる怪物《かいぶつ》たちには何の問題もないが。

「むん!!」

ボコオオオオオオオオオオオオ!!

と、ブロストンの拳《こぶし》がシルバーバックに炸裂《さくれつ》。

ブギャアアアアアアア!!

と悲鳴をあげて、体長8mを超える巨体《きょたい》が物凄《ものすご》い勢いでほとんど地面と平行に吹《ふ》っ飛んでいった。

「シルバーバックは大陸では最大サイズでも5m程。やはり高濃度《こうのうど》魔力《まりょく》はモンスターを巨《きょ》大化《だいか》させる」

ブロストンはそう言った。

「だいたい冒険者でいえばBランク以上、騎士なら二等騎士以上はないと、すぐに死ぬだろうな……しかし、ここは変わらないな。これだけ危険な……人の生存を拒《こば》むみたいな場

所のくせに自然はこんなにも豊かで美しい」

ラインハルトは周囲の景色を見回しながらそんなことを言った。

「ああ、ラインハルトさんは当然二回目ですもんね」

リックはそう言った。

『ジパング』には『根源の螺旋』の入り口がある。

ヤマトと共にそこに挑《いど》んだことのあるラインハルトとしては、懐《なつ》かしの光景ということだろう。

「……それで、騎士団と『ブラックカース』とはどういう取り決めになったんですか?」

リックがそう尋ねると、ブロストンは。

「それは、スタート地点に移動しながら話そう」

□□

「……ここが俺たちのスタート地点だ」

空から『ジパング』に到着《とうちゃく》した『龍使い』は、アハバーと共に地面に降り立った。

『ジパング』の中央からやや北東寄りには約1万7、000平方キロメートルに及ぶ最大の平野がある。

そこが今回の戦いの舞台であった。

「この平野には大陸会議の調査団が『ジパング』を調査するための建物が幾《いく》つか建造されている。三つの陣営はそれぞれ離《はな》れた場所にある基地からスタートするわけだな」

『龍使い《ドラゴンロード》』はスタスタと、地面に魔法陣が描かれた場所に歩いていく。

だが巨大なモンスターがひしめく『ジパング』だ。普通《ふつう》なら数日もしないうちに巨大なモンスターに蹴散《けち》らされて瓦礫《がれき》になるところだが……。

魔法陣に手を当てて魔力を込める。

すると魔法陣から突如、巨大な建物が出現した。

城である。

もっとも城としては小さい方だが、千人単位が寝泊《ねと》まりするのに困らない程度のスペースがある。

「なるほど。こうして使用するときだけ出現させているわけですね」

「ああ……まあ、一等級以上の魔力を持っている人間が、魔力欠乏《まりょくけつぼう》になるまで十人がかりで魔力を込めないと出現させられないのが厄介《やっかい》だがな」

やっかいだと言いつつ、最も容易《たやす》く基地を出現させている『龍使い』。

完全に常識を超えてしまっている魔力量を有しているのは誰がみても明らかである。

「……素敵《すてき》ですわ。さすがは『超越者《ちょうえつしゃ》』の上位勢」

アハバーは色っぽい吐息《といき》を漏《も》らしながらそんなことを言う。


「よお、お頭《かしら》」


その時、『龍使い』の背後から男の声が聞こえた。

そこにいたのは、なぜか腕《うで》が四本ある男である。

首元に書かれた番号は七。十番以下。つまり最悪の犯罪者『アビスナンバー』の一人である。

彼《かれ》だけではない。

総勢千名の犯罪者たち。『ジパング』にやってきてもその場で倒《たお》れたりしないあたり、少なくとも彼ら全員がBランク冒険者や二等騎士《きし》以上の力を持っている。

「『ブラックカース』構成員１０４５名、内『アビスナンバー』八名。到着したぜ」

「……ご苦労だなお前ら」

『龍使い』は振り返ると、揃いも揃った碌《ろく》でもない犯罪者たちに言う。

「どんな願いでも叶《かな》う宝石……お前らからすれば喉《のど》から手が出るほど欲《ほ》しいものだろう。ならば奪《うば》うといい。いつものように好きに暴れ、好きに奪い取れ」

オオオオオオ!! と。

欲望に塗《まみ》れた犯罪者たちの歓声《かんせい》が聖なる大地に響《ひび》き渡った。

□□

同じ頃《ころ》、騎士団員二千名もスタート地点の基地に集合していた。

さすがは王国警察警備軍事を司《つかさど》る人々であり、騎士団学校で規律を重んじることを徹底《てってい》的《てき》に教《おし》え込まれた職業人ということもあり、『ブラックカース』と違《ちが》い真《ま》っ直《す》ぐに線を引いたかのように整然と整列している。

そんな騎士たちの前に二人の男が立っている。

一人は『王国』の国王ラファエル・マルストピア。

「……うむ、二等騎士千七百名、一等騎士二百九十二名、特等騎士七名……全員揃ったな。ミハエルのやつはどこかほっつき歩いているようだが……まあ、今は良い。ではピーター説明を頼《たの》む」

国王がそう言うと、隣に立つ男は頷《うなず》いた。

男の名はピーター・ライト。

整った顔立ちをした髪の長い美青年である。細い目と爽《さわ》やかで柔和《にゅうわ》な笑顔《えがお》は、見た人間の警戒心《けいかいしん》を否応《いやおう》なく薄《うす》れされる。

魔《ま》導《どう》士教会の一級魔導士だったが、その見識の広さを国王に気に入られ側近となっている男である。

そして現在は『王器十三円卓《えんたく》』の第十三席。

珍《めず》しい魔導士教会上がりの特等騎士であった。

ピーターは国王の指示に頷くと。

「では僭越《せんえつ》ながら」

そう言って前に出て言う。

「それでは、改めてこの度の戦いのルールを確認《かくにん》します」

「まずはフィールドはこの『ジパング』最大の平野全域。その中で手持ちの『六宝玉』を取り合う形式です。制限時間は四十八時間。終了《しゅうりょう》時に最も多く『六宝玉』を持っていた陣営《じんえい》が勝者となり六つ全ての宝玉を手に入れます」

ピーターはそう言うと、事前に作成しておいた資料の紙に魔力を込める。

すると、その紙に描かれた図が空間に浮《う》かび上がる。

おお!!

と、騎士たちから感嘆《かんたん》の声が漏れた。

基本的に魔法《まほう》というのは放っておくと分散する性質がある。

よって魔力を特定の形に固定する魔法はそれだけで高度な魔法である。であるからしてこの空間に絵を浮かび上がらせる魔法は、凄《すさ》まじい魔力操作能力によって実現しているのは明らかである。

さすがは元一級魔導士といったところだろう。

ピーターはそんな賞賛の声に笑みを浮かべつつ言う。

「現状を確認します。まずは『六宝玉』ですが現在我々の下に黒の『六宝玉』が一つ。そして世界最大の犯罪組織『ブラックカース』に白の『六宝玉』が一つ。残る四つが大陸最強パーティ『オリハルコンフィスト』の下にあります」

映し出されたのは自分たちが立っている『ジパング』最大の平野の地図だった。

そこには、それぞれの陣営のスタート地点と所有する『六宝玉』の数が示されている。

「我々が確実に勝利を収めるには最低三つ。できれば四つの『六宝玉』を手中に納める必要があります……以上が今回の戦いのルールと現状になります」

ピーターが一礼して下がると、今度は国王が前に出てくる。

「えー、ゴホン」

っと一度わざとらしく咳払《せきばら》いをする国王。

「諸君。此度《こたび》の戦いは聖戦である。私の目的は『六宝玉』を手にし叶えなければならないことがある」

国王はグッと芝居《しばい》がかった動作で拳を握《にぎ》りしめながら言う。

「それは『この世界から戦争を無くすこと』である。私は『六宝玉』を手に入れたあかつきには『根源の螺旋』にも挑み、その願いを『アカシックレコード』に叶えてもらうつもりである……だからこれは聖戦なのだ。全ての人々から戦争の恐怖《きょうふ》を取り去る偉大《いだい》な戦いである。君たちは普段国家の一員として自覚をもって職務にあたってくれていると思うが、この戦いはもはや国家の枠《わく》に縛《しば》られない、人類全ての悲願を達成するための聖戦であることを自覚してもらいたい」

そして騎士たちに向かって大きく両手を広げて言う。

「この私も、国王の枠を超えこの崇高《すうこう》な目的を叶えるためにここにやってきた。さあ高潔な騎士諸君、私と共に人類の悲願を達成しようぞ!!」

国王が演説を終えると、パチパチと拍手《はくしゅ》が起こる。

何人かの騎士がさすがは我々の王、偉大な方だ、と賞賛の拍手を送る。

そんな中。

(……言っていることは、素晴《すば》らしいことですが)

拍手はしつつも、少し乗り切れないと言った表情をしているのはアンジェリカであった。

(確かに世界から戦争を無くすこと……それは素晴らしいことですわ。ただ……果たしてそれは国王のやることなのでしょうか?)

アンジェリカはそんな疑問を覚える。

(今回投入された戦力は、明らかに国家の警察警備軍事に大きな穴をあけるほどの量ですわ。そして相手はあの『オリハルコンフィスト』に『ブラックカース』……もはや戦争に等しいレベルの損害を被《こうむ》る可能性がある。そうなれば『王国』そのものの治安維持《いじ》と国防はどうするんですの?)

昔のアンジェリカなら、国王の意志を一国の元首に収まらない偉大なものだと無邪気《むじゃき》に賞賛したかもしれない。

しかし、両親が死に基本は妹におんぶに抱っことはいえ、兄の代わりに実質的に領主として公国の運営をした経験のある今では考えが違う。

(国王であるなら、まずは前提として自らの国の運営と防衛。それをおろそかにして、何

か叶えようとするというのは……どうにも地に足が付いていないように感じますわ)
本当に一人の人間としてやるというなら、騎士の中でも自主的に参加するものだけを集めるとか、ポケットマネーを使って強者を雇うとか、そういう方向の方が筋が通っているように感じる。
「……まあ、それもこれも『六宝玉』で戦争を無くしてしまえば、解決する問題といえばそうですが」
とはいえ、やはり嫌な予感は拭《ぬぐ》えないアンジェリカであった。

□□

「さて、我々の作戦だが」

スタート地点の基地に到着し、リーネットの作った料理を皆《み》んなで食べながらブロストンは言う。

「……まあ、特別作戦を立てる必要を感じないのが正直なところだ」

「それはそうなんですよね」

ブロストンの言葉に頷くリック。

「このルールだと、最初から『六宝玉』をたくさん持ってて、圧倒的《あっとうてき》な戦力を持ってる個人が多い『オリハルコンフィスト』の圧倒的有利ですし」

つまるところこの戦いは『六宝玉』の奪い合いなわけで、最初に他の陣営の四倍も『六宝玉』の数が多いリックたちはその時点で有利である。

さらに、二日間という制限時間付きなのもこちらに有利である。

確かに『オリハルコンフィスト』は合計七名で、騎士団《きしだん》や『ブラックカース』は何百人、何千人の大所帯ではあるが、数さえ多ければいいというものではない。

仮に大勢に追われたとしても、ブロストンやミゼットやアリスレートのような圧倒的な力を持つ個人が二日間、『六宝玉』を持って逃《に》げ切ればいいわけである。

むしろ、敵側から見ると先輩《せんぱい》たち三人を少なくとも一人は二日以内に倒さなければいけないわけだ。

（……この時点で普通に詰《つ》んでるよな）

リックは闘技会《とうぎ》でブロストンと戦った時のことを思い出す。

一応、リックの勝利という形になったが実際のところは、ブロストンは実力のほんの一部しか出していない。

別に手を抜いていたわけではなく、そもそも『クオーターサムズアップ』からの、防御《ぼうぎょ》後退一切《いっさい》無し、攻撃《こうげき》は素手《すで》の拳のみというのが圧倒的にブロストンがフルスペックを出せない条件だったのである。

ブロストンは確かに四大基礎《きそ》の体力だけみても圧倒的な能力をもっているしオーク種としての誇《ほこ》りであることは間違《まちが》いではない。

が、それはあくまで能力の一つでしかない。

そもそもが、司祭タイプの冒険者《ぼうけんしゃ》なのだ。ブロストンの真骨頂は四大基礎、各種魔法から戦略まで、ありとあらゆる能力や手管が最高峰《さいこうほう》であること。

例えばだが、リックとの戦いで体力強化に使う魔力を抑《おさ》え、殴《なぐ》り合いでは不利になる代わりに自らを回復させるための魔力を残しておけば三十回は全回復できる。

もしそれをやられたら、リックには殴り合いでの勝ち目などなかったであろう。

（そしてそれは……ミゼットさんや、アリスレートさんも同じ。この人たちで四つのうち三つの『六宝玉』を持っていれば、まず間違いなくこっちの勝ちだ）

「問題は、残りの一つを誰が持つかですね」

リーネットが食べ終わった食器を片付けながらそう言った。

「それなら普通にゲオルグさんじゃないですかね？　実力的にも、何より防御力《ぼうぎょりょく》高いし」

リックはそう言った。

最強種、ドラゴンの分厚い表皮と鱗《うろこ》、そしてあらゆる魔法を反射する『魔王の天衣《ニーゼル・ベルッ・リフレクシオン》』という超反則能力《ちょうはんそく》もある。

ディルムット公国の一件の後に聞いた、先輩たちの『超越者』のランクもブロストンたちいつもの三人を除けば一番高い。

——んーでも、僕凄《ぼくすご》い目立っちゃうよ？

ゲオルグが本体の性根《しょうね》の優《やさ》しさとは真逆の禍々《まがまが》しい声でそう言った。

「ああ……まあ、それもそうか」

ゲオルグは体長３００ｍを超《こ》える超巨体《ちょうきょたい》である。

『六宝玉』を持って時間まで逃げる役としては、少し不利だろう。

（もっとも、見えたところでゲオルグさんを倒さないといけないわけだから、普通は気にすることではないんだろうけど……）

とはいえ、今回は騎士団側に「あの男」がいる。

できるなら戦いを避《さ》けたいあの男、『超越者』第六位の赤蜻蛉《あかとんぼ》を瞬殺《しゅんさつ》した特等騎士第一席が。

「リックが持つのがいいんじゃねえかな」

そう言ったのはラインハルトだった。

「え、俺《おれ》ですか？」

「ああ、この前あの『暗殺王』を倒したわけだしな」

「いやあ、あれは相性《あいしょう》がよかったのも大きいんで」

実際、リックは近接戦闘《せんとう》型の敵と相性がいいのである。

というのもリックは戦闘能力のパラメーターの大半を近接戦に振っている。遠距離《えんきょり》での攻撃ももちろんできるが、一番強力な『エアショット』はそもそもの魔力量が少ないためせいぜい打てて五発ほどである。

なので、距離をとって遠距離魔法《まほう》を打つことを徹底《てってい》してくる相手は苦手である。

といいつつ、エルフォニアの魔法軍隊を容易く蹴散らすことができるわけだが、さらに上のレベル、例えばSランク最上位や『超越者』レベルの遠距離攻撃《こうげき》使いにこられれば、厄介なことになっていただろう。

（……もっと言えば、あの時は赤蜻蛉のメンタルの弱みにつけ込んだところもあるしな）

リックはかつての強敵を思い出し、そんなことを思う。

「……だが、あの時よりもさらに強くなったんだろう？」

ラインハルトは信頼《しんらい》を持った目でそう言った。

リックがこの一ヶ月、『エクステンションスペース』で行った修行《しゅぎょう》の成果を信じている声音《こわね》だった。

「お前はちゃんと強くなって帰ってくるやつだからなリック」

「なんか信用されてますね」

「ああ……まあ、知り合いに似てるやつがいてな」

少し遠い目をしてラインハルトはそう言った。

「それに、自分の夢に責任を持つってのは……いいことだぜ」

「責任ですか？」

「……ああ、誰かのやってることに乗っかるんじゃなくてよ、自分でリスクを背負って夢を追うんだ。俺はヤマトのやつに乗っかりっぱなしだったからな。もっと自分で主体的にやってりゃ心持ちも違ったのかな……なんて、この年になって思ったりするぜ」

「……なるほど」

ラインハルトの言葉は、深い実感の籠《こも》ったものだった。

夢に対して主体的であればあるほど、叶えた時の喜びは大きくなる……考えてみれば当たり前のことだが、大事なことかもしれない。

リックはテーブルの上に置かれた『六宝玉』の最後の一つ、赤い『六宝玉』である『紅《こう》華《か》』を手にとった。

「じゃあ、この一個は俺に預けてもらっていいですか?」

リックはパーティメンバーたちを見回す。

反対する者は誰一人《だれひとり》おらず、少し笑いながら頷いていた。

信頼されている……ということだろう。

(……なんか嬉《うれ》しいな)

パーティのメンバーたちは入った当初、全く自分では手の届かない圧倒的強者たちだった。

それが今では自分に信頼を置いてくれているのだ。

「……よし、そろそろ時間だな」

ブロストンは日の傾《かたむ》きを見てそう言った。

「始まるぞ……『六宝玉』を巡《めぐ》る最後の戦いだ」

第二話　激突《げきとつ》する三者

『ジパング』の時間で午後一時に戦いは始まった。

騎士団側はまずは五人～十人の四つの班を編成し、『オリハルコンフィスト』と『ブラックカース』のスタート地点に向けて二班ずつ進行させた。

とはいえ指揮系統を重視するため基地を離れられない騎士団は別として、『オリハルコンフィスト』や『ブラックカース』はスタート地点で止まっている保証もないだろう。

これは実際に攻《せ》め込むためというよりも索敵《さくてき》や情報収集の面が大きい。

とはいえ、これでもかと『王国』の戦力を引き連れてきた今回だ。索敵班ですら一等騎士を隊長に置き、他は全員二等騎士以上という豪華《ごうか》っぷりである。

「……市中に現れてしまった強力なモンスターの駆除《くじょ》でもするのかといったレベルですわね。豪勢《ごうせい》な戦力の使い方ですわ」

索敵班の一つに副班長として配属されたアンジェリカはそんなことを呟《つぶや》いた。

現在、森の中を十人ほどの班で『ブラックカース』のスタート地点に向けて進んでいる最中である。

「はは、まあ仕方ないところではあるよアンジェリカ嬢《じょう》。そもそも『ジパング』でまともに活動できるのは二等騎士以上だ。それにこうして森の中を移動するとなれば、それなりの戦力で動かなければモンスターの餌食《えじき》になってしまう」

そう言ったのはシルヴィスター一等騎士だった。

この班の班長である。

「まあ……それもそうですわね」

そう言って少し沈黙《ちんもく》するアンジェリカ。

「……ふむ」

こちらの方を見てシルヴィスターは言う。

「なにやら乗り気じゃないみたいだねアンジェリカ嬢。確かに『オリハルコンフィスト』に出会《でくわ》したら一巻の終わりかもしれないけどさ」

「まあ……少し。今の『王国』本土は鍵《かぎ》のかかっていない屋敷《やしき》に近いと思いませんこと?」

アンジェリカの言葉に、シルヴィスターは少しピクリと眉《まゆ》を動かす。

どうやらまったく考えていなかったわけではないようだ。

「そもそも、こんな大仰《おおぎょう》な賭《か》けに出るのは国王陛下らしくない感じがしますわ」

「……ああ。まあ言われてみればそうだねえ」

シルヴィスターは同意するようにそう言った。

ラファエル国王は「保留」で有名な国王である。

国の元首ともなれば、日々国内外の問題の解決のために大臣や各貴族から様々な提案がされるものである。ラファエル国王はそんな提案に対して「それは良い案だ。検討させてもらおう」と言って、毎回快く受け取るのだが、結局検討したままでいつまでも実行しないことで有名であった。

良い人なのは間違いないが、カリスマ性には欠ける。

そんな評価の国王である。

もっとも、そんなラファエルの気質は今の『王国』にはマッチしていた。名前は『王国』などと名乗っているが、そもそもは『帝国《ていこく》』の脅威《きょうい》からさまざまな国が統合した合衆国に近いし、各領主の権限も大きい。

国としても成熟しシステムも確立しているのだから、下手にあれこれやろうとするよりは、融通《ゆうずう》が利かないくらいに動きが悪いくらいがちょうどいいとも言えるのだ。

「……まあ、時々よく分からない施策《しさく》を思い切って実行してくることはあるよね。前に王都だけで一時期だけ施行《しこう》された『犬を殺したら罪になる法律』とかさ」

「ああ、あれは困った法律でしたわよね。動物を愛《め》でたい気持ちは分かりますが……」

「つまりアンジェリカ嬢は、今回の戦いもそういう『変な思いつき』の類なんじゃないかと思ってるわけだ」

「はい……まあ、不敬ですけど」

アンジェリカがそう言うと、シルヴィスターは笑う。

「ははは、いいじゃないか。ディルムット公爵《こうしやく》家と王家は建国時に、マルストピア王から『あくまで王と公爵という立場になるが我々は友だ』って言われた仲なんだろう？ 友人が変な方向に行ってるんじゃないかと思ったら、首を捻《ひね》ってあげるのも友人の役目さ」

シルヴィスターはそんな風に笑いながら言った。

そして。

「んーまあ、僕《ぼく》も引っかからないわけじゃないけど……まあ僕らは騎士だからね。命令には従うものさ」

そう言って肩《かた》をすくめて笑うのだった。


その時。

「……皆さん戦闘準備を」

アンジェリカが班の騎士たちに向けてそんなことを言った。

最初、シルヴィスターを含《ふく》めて全員が、状況《じようきよう》を飲《の》み込《こ》めていない顔をしていたが。

「……ああ、ほんとだ。よくあんなに早く気付いたねアンジェリカ嬢」

少しするとシルヴィスターも感じ取ったのか剣《けん》を抜《ぬ》く。

班長が剣を抜いたことで、それに倣《なら》って剣を抜く他の騎士たち。

そして。

バサ!! と、森をかき分けて五名ほどの集団が飛び出してきた。

騎士団とは違い、統一感のない服装をした集団。だが、全員がなんというか人相が悪い。

警察の仕事をやっていればよく見る「悪人面」である。

「出たな『ブラックカース』!!」

シルヴィスターがそう言うと。

「よお、騎士様たち。嬉しいねえ。普段《ふだん》はアンタらから姿を隠《かく》して生きてるからよお」

『ブラックカース』側のリーダー格の男がこちらに向けて走りながらそんなことを言ってきた。

他陣営《たじんえい》同士の初めての接触《せつしよく》、いよいよ戦いの火蓋《ひぶた》が切られた。

人数的には騎士団員十人で、『ブラックカース』が五人。

人数だけ見れば騎士団側の方が有利に思えるが……。

□□

同じ時に別の班も『ブラックカース』との交戦が始まっていた。

人数はアンジェリカたちのいる舞台《ぶたい》と同じく騎士団員十名に対し『ブラックカース』構成員五名。

人数的には有利である。

もっと言えば、一人一人の戦闘能力にあまり差はない。

しかし……。

「ははは‼ どうした騎士様よお‼」

「ぐぁ‼‼」

構成員の持つ黒い武器が、二等騎士の体を深々と切り裂《さ》いた。

「くそ‼ 気をつけろ‼ あの武器を受け止めると体力と魔力《まりょく》が削《けず》られるぞ‼」

騎士団の班長が部下たちに声をかける。

しかし、形勢はどう見ても『ブラックカース』有利だった。

「『呪成鉄《じゅせいてつ》』か……ゲスどもめ」

班長が怒《いか》りに歯を食いしばりながらそう呟く。

「あー、気持ちいいなあ。武器の力差で自分と同じか自分よりつええ相手ぶっ殺すのは、ほんと気持ちいいぜ」

そんなことを言いながら『ブラックカース』は寄せ集めの犯罪組織とは思えないほど、連携《れんけい》の取れた動きで騎士団を追い詰めていく。

『ブラックカース』は元々はならず者の犯罪者の集まりであり、騎士団のように決まった制服を着てある程度全員が同じ訓練を受けた集団ではない。

しかし、組織が大きくなるに連れて、ちょっとした部隊や部署のようなものが作られていき、同じ部署の人間には同じ企画《きかく》の武器を大量に仕入れて装備させるということが行われてきたことで、騎士団ほどではないがある程度同質の戦力を持つものが連携して戦うということができるようになっているのである。

しかし、であるならば騎士団と条件は同じである。

個々の実力差も大差ないこの状況でなぜ、優位の戦いを進められるか？

それが騎士団と違い服装に統一感のない『ブラックカース』全員に共通している、漆黒《しっこく》の鉄でできた武器であった。

それらは全て『呪成鉄』で作られている。

簡単に言えば呪《のろ》いを付与《ふよ》した鉄である。

この鉄は直接攻撃を受けるのはもちろん武器で受け止めただけで、相手に一時的に呪いを付与しその体力と魔力を削るのである。

そんな便利な武器で、大量製造して大勢の構成員に配れるのであれば、騎士団も採用していてもいいようなものだが、当然そうならないからくりがある。

『呪成鉄』の呪いは人一人を苦しめながら生贄《いけにえ》に捧《ささ》げ、その苦痛や恨《うら》みや怒りを呪いに変換《へんかん》しなら製鉄するのである。

つまり、一つ武器を作るのに誰《だれ》かが一人死んでいるのである。

『ブラックカース』はその非合法組織としての組織力を使って、貧困《ひんこん》地域や政情が不安定な国で大量に「素材」を仕入れている。

もちろん、持っているだけで「人を一人殺して作りました」と宣言して歩いているようなものなので通常は携帯《けいたい》できない。様々な工夫《くふう》を凝《こ》らして各国の警察・軍隊から隠している。

だが、今回のように大規模な戦闘行為《せんとうこうい》となれば話は別である。

存分にその邪悪《じゃあく》な組織力により得た力を振《ふる》えるわけだ。

「ぐあ!!」

騎士団の班長が、『呪成鉄』でできたカットラスに肩を突《つ》き刺《さ》される。

「ははははは!!　人数多いからって油断してたかあ？　安定した国でぬくぬく威張《いば》ってるだけの騎士様たちは甘《あま》いなあ!!」

『ブラックカース』側のリーダーは笑いながらそう言った。

□□

「……ふう、こんなものですわね」

アンジェリカはそう言って剣を鞘《さや》に納刀する。

「ど、どうなってやがる……未来でも見えてるのか……テメエ……」

足元には胴体《どうたい》を深々と袈裟《けさ》に切られて倒れる、先ほど襲《おそ》ってきた『ブラックカース』の集団のリーダー。

アンジェリカたちの班は、見事襲撃者《しゅうげきしゃ》を撃退《げきたい》していた。

「……こちらも無傷とはいかなかったけどね」

班長のシルヴィスターはそう言った。

彼自身とアンジェリカは無傷だったが、他の団員たちは皆何ヶ所かダメージを受けており、死んではいないが行動の継続《けいぞく》が不能になった団員も二名いる。

「携帯用のポーションで直せる範囲《はんい》は直しましたが……傷口が荒《あら》くなかなか直しきれず」

団員がそう報告してくる。

「しょうがないさ。『ブラックカース』の武器は基本的につけた傷が治りにくいように、加工されているからね」

「回復魔法の使い手がいればよかったのですが……」

「まあ、それこそ仕方ないことだよ。高い戦闘能力を持った回復魔法使い《まほうつか》は希少だ。だから冒険者のDランクなんてものがあるわけだしね」

シルヴィスターはそう言って改めて周囲を見回す。

「……しかし、アンジェリカ嬢には驚《おどろ》いたな」

地面に倒れる五人の襲撃者。

しかし、そのうちなんと三人はアンジェリカが倒したのである。

「随分《ずいぶん》と強くなったんだね。君がいなかったら危なかったかもしれない。元Sランク冒険者を倒したって話は本当だったみたいだね」

「……いやまあ。あれはまたちょっと事情が違いますが」

アンジェリカは緩蛾《ハニーワーム》との死闘《しとう》を思い出しながらそう言った。

あれは最終的に一世一代の捨て身技で勝っただけなので実力かといわれると、微妙《びみょう》なところがある。

アンジェリカの基礎的《きそてき》な能力はまだAランクの範囲からは出ていない。というか現状ではあの戦いの反動で前より下がっているまである。上手《うま》く全身に力が入らないし魔力も出力を上げにくい。

「なんにせよ敵の戦力を削れたのはいいことだね」

「ええ。ですがこの戦いで重要なのはジョーカーたちをどうするかだと思いますわ」

「まあ、それもそうだね。『ブラックカース』の『アビスナンバー』たちと出会ったらなんとか逃げて増援《ぞうえん》を要請《ようせい》するしかない」

（……まあ、出くわすようなことがないことを祈《いの》るしかないですわね）

そんなことを思っていたその時。

ゾワリ!!

と嫌《いや》な予感がアンジェリカの全身を駆《か》け巡った。

「……ほんと、私は運がないですわ」

「ん？　どうしたんだい？」

その時。

グオオオオオオオオオオオオオオオ!!

と森の中から巨大《きょだい》な蛇《へび》型モンスターが現れた。

「ブルースネイクか!?　こんなサイズ見たことないぞ」

通常のブルースネイクは体長５ｍほどだが、これはその四倍以上ある。

いくらＡランク騎士が二人いる班とはいえ一筋縄ではいかないだろう。

「確かにあまり運がないね」

シルヴィスターはそう言いながらもう一度剣《けん》を構える。

しかしアンジェリカは首を振《ふ》った。

「いえ……そちらのことではなく」

「？」

首を傾《かし》げるシルヴィスター。

アンジェリカが感じ取ったものはこんな程度のものではない。

次の瞬間《しゅんかん》。

ドオオオオオオオオオン!!

とアンジェリカたちの前に空中から何かが降ってきた。

盛大《せいだい》な砂煙《すなけむり》が晴れるとそこには。

「はっはっはっはっ!! 適当に飛んでみたら目の前に獲物《えもの》がいるじゃないか!! やはり全て俺の思い通りだな!!」

そう言ったのは、珍しい見た目をした男だった。

年齢《ねんれい》は四十代の前半くらい。

身長は目測で190cm弱。筋骨隆々《りゅうりゅう》ながら同時にバランスの取れた体格である。

服装は羽のついた赤いターバンに赤い花か何かの模様があしらわれたジャケットを着込《きこ》んでいる。

あれは確か『王国』の下の方にある小国の民族衣装《いしょう》だったか。

だがそんなことよりも問題なのは。

「さあて、じゃあ今日も万事滞《ばんじとどこお》りなく殺すとしよう!!」

自分たち上級騎士《きし》の集団に向かって、自信満々の表情でそう言い放つこの男から感じる尋常《じんじょう》ではない魔力である。

「まずいですわね……」

目の前に立っているだけで、アンジェリカの全身から冷《ひ》や汗《あせ》が吹《ふ》き出す。

それは今のアンジェリカほどではないが、ある程度感知能力を訓練してきた騎士たちも同様だった。

というか、この場にいる全員がそもそもこの男の人相を知っている。

世界的な大犯罪者。かつて自分の母国に存在する宗教関連施《し》設《せつ》を根こそぎ破《は》壊《かい》し、さらにはその関係者を拷問《ごうもん》した上で皆殺《みなごろ》しにした男。

その後も、大陸正教をはじめとした各種宗教施設を襲撃《しゅうげき》し破壊と虐殺《ぎゃくさつ》を一人で行い続けた男。

皮肉にもこの男が、宗教施設や宗教関連の人物を殺しまくったせいで、大陸でまともに機能している宗教が最大勢力である大陸正教だけになってしまったという怪物《かいぶつ》。

腕《うで》には堂々と大きく刻まれたⅡの数字。

「『ブラックカース』アビスナンバー2、イリブート・レイシュラムだ!!　君たちの名前を聞いておこうじゃないか!!　今日は殺す相手の名前を知ってから殺したい、そんな気分だ!!」

そう言って真っ白な歯を見せて笑うイリブート。

アンジェリカはディルムット公国での戦いの後、エミリに頼《たの》んで調べてもらった『グランドリスト』の名前を思い出していた。

『ブラックカース』の『超越者《ちょうえつしゃ》』はリーダーである『龍使い《ドラゴンロード》』の他にもう一人。

「『超越者』第九位、『不尊の求道者』イリブート……」

それがこの男である。

（『オリハルコンフィスト』の連中並の力を持った上で、世界的な大犯罪者……あまりにも危険すぎますわ）

少なくともまともにやって勝てる相手ではないだろう。

アンジェリカは自分の班の騎士たちを見る。

（こういう時は被害《ひがい》を最小限に抑えるために、分散して逃げるのが鉄則ですが……シルヴィスターはまだしも、二等騎士たちや怪我《けが》をしている騎士たちは全員追いつかれて殺されるのが目に見えてますわね）

……しかたない。だいぶ無謀《むぼう》だがここは自分がなんとか時間を稼《かせ》いで。

「おいおい。この俺が名を名乗れと言っているんだぞ？　だんまりは不敬じゃないか？」

目にとらえるのが不可能な速さでいつの間にか、イリブートはシルヴィスターの前に移動し剣を振りかぶっていた。

「なっ!!」

全く反応できず、硬直《こうちょく》するシルヴィスター。

「天罰《てんばつ》だな」

イリブートはタルワールという独特な形の曲剣を振り下ろす。

当然真っ黒な『呪成鉄』製。人の命を生贄に加工する武器の一つくらいこの男はなんとも思わずに使う。

(くっ!!)

アンジェリカの動き出しは早かった。

イリブートが動き出す直前には剣を抜きながらシルヴィスターの方に駆け出したのである。

しかし、それでも間に合ったのはギリギリ。

それくらいのスピードの差である。

アンジェリカはシルヴィスターを狙《ねら》った剣を受け止める。

ガシイン!! と金属同士のぶつかった音が響《ひび》く。

一等騎士であり公爵家の人間であるアンジェリカの剣も、『呪成鉄』ではないがかなりいい金属を使っている。

強度に関しては互角《ごかく》と言ったところである。

しかし。

「邪魔《じゃま》はいけないなあ。俺のやりたいことが邪魔されるなんてあってはならない」

（……っ、打ち込みの力が強い!!）

当たり前のことである。強者は強力な特殊《とくしゅ》能力を持っている場合が多いが、そもそも基礎の能力がイカれているレベルで高い。

小細工を許さない汎用《はんよう》能力の高さこそ絶対強者の前提である。

そして『超越者』であるこのイリブートもその例に漏《も》れず、体力と身体操作能力が桁違《けたちが》いなのである。

今のアンジェリカで受け止め切ることは不可能。

ならば。

「……流撃!!」

古流身体操作技術の一つ。「流し」とも呼ばれ、相手の攻撃のエネルギーを体から逃《のが》す技術を使用。

「ふん!!」

イリブートは知ったことかとさらに剣に力を込める。

アンジェリカは凄《すさ》まじい勢いで吹っ飛ばされた。

30m以上ほとんど地面と平行に滑空《かっくう》する。

「ふん!!」

アンジェリカは剣で地面を捉《とら》えてブレーキをかけると、その反動で回転し受け身をとってすぐに立ち上がった。

「ほう!! 上手いもんだな!! お嬢ちゃん!! 俺に賞賛されたんだ。感涙《かんるい》していいぞ!!」

イリブートは興味深そうにそう言った。

一方、一見上手く攻撃を防いだかのように見えたアンジェリカだったが。

(くっ……やはり基礎的な能力の高さがないと、リックのようには行きませんわね)

攻撃を受け止めた剣を持つ手に血が滲《にじ》みビリビリと震《ふる》えている。

「……『超越者』、化け物ですわね」

アンジェリカはそれでもなんとか剣を構えながらそう呟いた。

「うん!! 君、気に入ったぞ!!」

イリブートは満面の笑《え》みを見せる。

そして、一度アンジェリカの方をジッと見る。

剣を構え、警戒《けいかい》を高めるアンジェリカ。

こちらを観察して何かを狙っているのだろうか？

そして。

「よし!!　俺の子種をくれてやろう!!」

急に意味不明なことを口走るイリブート。

「……急になんですのこのイカれセクハラ野郎《やろう》は」

「ははは!!　そう恥《は》ずかしがることはないぞ!!」

ヤレヤレ困ったやつだな、と肩をすくめるイリブート。

「違《ちが》いますわ!!　お断りです!!」

「なぜだ!!　神の子を産めるんだぞ!?　遠慮《えんりょ》せずに光栄に思うといい!!」

「神？　どこのなんの神ですかそれは？」

何かしらの新興宗教の信者か教祖だったりするのだろうか？

そこまでの情報は騎士団《きしだん》の資料に載っていなかった。だが、各地の宗教施設やその関係者を次々に手にかけている人間である。

十分にあり得る話だった。

アンジェリカがそんなことを思っていると。

「神ならここにいるだろう？」

そう言ってサムズアップで自分を指さすイリブート。

「……はい？」

「だから、ここにいるじゃないか。俺だ。俺こそが唯一《ゆいいつ》にして絶対の神だ」

やはり自信満々の顔でそんなことを言い切るイリブート。

「……なにいってやがりますのこのイカれ犯罪者は」

アンジェリカは嫌悪《けんお》の籠った目でイリブートを見る。

「ふむ……どうやら信じられないみたいだな。おおなんと嘆《なげ》かわしい」

イリブートは自分の額に手を当てて天を仰《あお》いだ。

そして。

「ではしかたない、ほら俺は何もしないから一発自由に攻撃してきたまえ」

両手を広げて無防備な格好になった。

「!?」

驚いて目を見開くアンジェリカ。

(……急になんですの？　一体なんの狙いが？)

「ほらほら、どうしたお嬢さん!!　目でも心臓でも好きなところに切り掛《か》かってくるといい!!」

しかも、今のアンジェリカには分かることだが、本人が言った通り「本当に無防備で攻《こう》撃《げき》を受けるつもり」なのである。

(ならば……ここは誘《さそ》いに乗る)

おそらく相手には何かしらでこの一撃《いちげき》で倒《たお》されない算段でもあるのだろうが、アンジェリカとしては相手の隙《すき》を作って他の騎士たちを逃すという目的もある。

そちらの方は達成できるかもしれない。

「『瞬脚《しゅんきゃく》』!!」

アンジェリカは得意の強化魔法《まほう》を使って地面を蹴《け》る。

あっという間にその体が加速し一直線にイリブートの方に向かい……。

一瞬《いっしゅん》だけアンジェリカの魔力が乱れた。

「っ⁉」

さらに、魔力が乱れた分を調整するために、足運びをとっさに変えたのだが運悪くそこに地面に深々と埋《う》まった石があった。

アンジェリカはその石に「まるで計ったかのように絶妙《ぜつみょう》なタイミング」で足を取られる。

それでも転倒《てんとう》せずむしろ加速しながらの前進を維持《いじ》できたのは、アンジェリカの鍛錬《たんれん》とセンスのなせる技だろう。

だが放った突きは逸《そ》れてしまい、イリブートのターバンを掠《かす》めただけだった。

「ははははは‼　どうだ‼　やっぱり俺は神だろう‼」

脳天に向けて放たれたアンジェリカの一撃が迫《せま》っていたというのに、豪快《ごうかい》に笑いながらそう言ったイリブート。

「……っ‼」

アンジェリカはすぐさま体勢を立て直して、いつでも動ける構えを取る。

その体捌《たいさば》きは見事なもので、そこにいた騎士団員たちは改めて感心したのだが。

（……なんですの、今のは）

アンジェリカの額から冷や汗が流れる。

確かに、元々強化魔法は身体操作と魔力操作の繊細《せんさい》な合わせ技なところがある。シンプルにエネルギーを生成してぶっ放すものが多い界綴魔法《かいていまほう》と違って、ちょっとしたエラーは起きやすい。

とはいえ、今更《いまさら》得意中の得意魔法でのエラーである。

むしろ前にエラーを起こしたのはいつだったかといったレベルである。

それが偶然《ぐうぜん》にもこのタイミングで出たと言うのか？

さらにいうなら、アンジェリカを躓《つまず》かせた地面の石。

あれも絶妙すぎる。達人の足払《あしばら》いのごとく、アンジェリカの体勢を崩《くず》し切るのはここしかないというタイミングと位置にあったのである。

この二つの偶然が重なるのだろうか？

「……ないですわね」

そんな馬鹿げた偶然などありえない。

だが、イリブートは自分には当たらないと確信していた。

そして何かした様子もない。

まるでそれは、本当に自分が神で……絶対的な存在であるから攻撃を受けるはずなどないとでもいうかのように。

ニカリと真っ白な歯を見せて、笑うイリブート。

（……まさか、本当に？）

ありえないと思いつつもそんな考えがアンジェリカの頭をよぎる。

一方、イリブートは顎《あご》に手をあてると。

「ふむ!!　しかし、拒否《きょひ》すると言うなら仕方ないな!!」

イリブートの全身からこれまでとは比べものにならない量の魔力が溢《あふ》れ出す。

「不敬なので殺すとしよう!!」

「……っ!!」

その魔力は禍々《まがまが》しく、まるで毒の瘴気《しょうき》が辺り一帯に立ちこめたかのように、騎士たちの体が重くなり、周辺にいたモンスターたちが一斉《いっせい》に逃《に》げ出した。

「ああ、悲しいな。本当の神の祝福を受け入れられないなんて……君は悲しい少女だよ」

『呪成鉄』製の黒い武器を構えるイリブート。

「極端《きょくたん》なやつですわね……」

アンジェリカの額から冷たい汗が流れる。

「……シルヴィスター。他の騎士たちを連れて離脱《りだつ》を。そして特等騎士に出動の要請をお願いしますわ」

「大丈夫《だいじょうぶ》なのかい……？」

「どの道、なんとかするしかないですわ……時間稼ぎくらいなら」

「ははは!!　舐《な》められてるな!!」

イリブートは豪快に笑ってそう言うと、地面を蹴った。

「瞬殺《しゅんさつ》に決まっているだろう？」

一瞬にしてアンジェリカの目の前まで来て剣を振りかぶっていた。

（……!!　やはり速い!!）

動き自体は読めていたのだが、実際に動かれると対処が遅《おく》れてしまう。

その時。


「邪気《じゃき》を感じて来てみたが。やはり第九位だったか」


アンジェリカたちの背後から一人の男が飛び出してきた。

灰色の騎《き》士装束《ししょうぞく》を着た騎士である。

年齢は六十五歳《さい》と現役《げんえき》で戦うにはかなり年を取っているが、背筋の伸《の》びた筋骨隆々の肉体は若々しい。

そしてその若々しさに違《たが》わず、力強くも鋭《するど》い動きでアンジェリカに向けて振り下ろされていた剣の前に躍《おど》り出る。

そして自らの剣を抜いてその一撃を迎《むか》え撃《う》った。

ガシイイイイイイイイイイイイイイイイイ!!

と凄まじい轟音《ごうおん》と衝撃波《しょうげきは》が響き渡《わた》る。

「エルリック第二席!!」

「ははは、やめてくれアンジェリカ嬢。一応前王の逝去《せいきょ》と共に最前線は退いて『秘匿《ひとく》番号』にしてあるのだから」

そんな軽い調子の会話をしつつも、イリブートの殺すつもりで放った一撃を受け止める。

それどころか。

「おおおおお!!」

雄叫《おたけ》びと共にさらに腕に力を込めると。

「むっ!?」

ドン!!　となんとイリブートを力任せに押《お》し返してしまった。

「おお!!　なんという馬鹿力か!!　そしてその灰色の騎士装束、お前話は聞いているぞ!!『八位』だな?」

「その通りだ『九位』。特等騎士第二席ジュリアス・ガウェイン・エルリック……同じナンバーツーでランキングも隣《となり》とは縁《えん》があるな凶悪《きょうあく》犯罪者」

ニヤリとシワの入った顔で笑うエルリック。

「ははは‼　俺《おれ》より上にいるとは不敬だな‼　殺すしかない‼」

「俺もお前を牢屋《ろうや》にぶち込みたいところだ」

互《たが》いに足に魔力を込め。

「「『瞬脚』‼」」

エルリックとイリブートの体が高速で動いた。

そしてそのまま互いに攻撃を繰《く》り出し続ける。威力《いりょく》は一撃《いちげき》一撃の衝撃《しょうげき》で大木が薙《な》ぎ倒される程ど。

(技術はまだしも体力の差で最高速度だけなら二人とも私より速いですわ。やはり『超越者』……‼)

「アンジェリカ嬢《じょう》‼　このイカれ犯罪者はワシが引き受ける‼　今のうちに皆《み》んなと退避《たいひ》しろ‼」

頷《うなず》くアンジェリカ。

「行きますわよ‼」

「あ、ああ‼」

シルヴィスターたちはその言葉で金縛《かなしば》りが解けたかのように、規律正しく撤退《てったい》を始める。

アンジェリカも彼《かれ》らと共にあくまで陣形《じんけい》を乱さないようにしながらその場を去る。

(それにしても……)

背後で感じる凄まじい魔力と力のぶつかり合いにアンジェリカは冷や汗を流した。

エルリックが来てくれて助かったと心底思う。

生き延びることを諦《あきら》めたわけではなかったが、あのまま戦いになっていたらかなりの高確率で殺されていたことだろう。

(やはり、Sランク級や『超越者』と戦うならもっと人数を集めて……できればこちらも特等騎士複数人で……)

そんなことを考えながら撤退していると。

「……!!」

アンジェリカは急に立ち止まった。

「おいおい、どうしたんだアンジェリカ嬢。さすがにあの戦いの場からはもう少し離《はな》れた方が……」

「……皆さん、私を置いてこの場を離れてください」

「おいおい、また急に何を言い出すんだい?」

シルヴィスターは最初そう言ったが。

「……また何か感じ取ったのかい？」

「ええまあ。この状態で「アレ」と戦ったら間違《まちが》いなく全滅《ぜんめつ》ですわ。なのでここは私が……大丈夫ですわ、今回はたぶん『私なら殺されない』ので」

確信を持った声でそんなことを言うアンジェリカ。

「またそうやって自己犠牲《ぎせい》かい？　今度はさすがに隊長の僕《ぼく》が……」

シルヴィスターはそう言おうとしたが、アンジェリカの表情を見て途中《とちゅう》で言葉を止める。

「……分かった。じゃあ頼んだよ」

頷くアンジェリカ。

そのアンジェリカを置いて、シルヴィスターたちは自分たちの拠点《きょてん》の方に向かって、走り去って行く。

ちょうどその姿が小さくなった時。

「なんか凄《すご》い音したから来てみたけど……ウチ以外の『超越者』が戦ってるのか」

非常に聞き慣れた声が聞こえてきた。

「来ましたわね」

アンジェリカはその男の前に立つ。

「あんまり近づかない方がいいかも……って、あれ？　アンジェリカじゃないか」

「お久しぶりですわね」

現れたのは覇気《はき》のない中年男。

リック・グラディアートル。『オリハルコンフィスト』のメンバーの一人で、現在Eランクの冒険者《ぼうけんしゃ》。

とはいえ、アンジェリカはいやと言うほど知っている。

目の前の男がEランクのレベルなどにいないことを。

「……まあ、そうか。一等騎士だもんな。今回の作戦に参加しててもおかしくないか」

「まあ、そういうことです」

リックは「うーん」と頭を掻《か》くと言う。

「じゃあ、敵になるわけだよな」

「そうなりますわね」

「俺たちは『宝玉』を守れれば勝ちだけど、一応出会った相手を戦闘《せんとう》不能にするくらいはしたほうが勝率は上がるよな。さっき逃げた人たちもちょっと追いかけたりして」

「こちらも、それを「はいそうですか」とやられるわけにはいきませんわね」

リックは少し間を置いた後に言う。

「……じゃあまあ、戦うか」

「そうですわね」

アンジェリカは剣《けん》を抜《ぬ》いて構えを取る。

(まさかこんな形で実現するとは思いませんでしたわね)

リックとの再戦……闘技《とうぎ》会の入会テストの時はあくまでテストだったことを考えれば、
Eランク試験の時以来の戦いである。

第三話　もう一つの師弟《してい》対決

リックから見たアンジェリカ・ディルムットの最初の印象は、思《おも》い込《こ》みと身内贔屓《びいき》の激しいお嬢様《じょうさま》だった。

それはそれとして、得意技《とくい》の『瞬脚《しゅんきゃく》』の技術の高さは最初に見た時から見事なものだった。速度は体力がまだ今ほど高くなかったのでリックの基準では遅《おそ》かったが、地道な鍛錬と高いセンスが垣間見《かいまみ》えて感心したものである。

そして、今では身内贔屓なのは本当に家族を大切に思っているからであり、思い込みの激しさは正義感の高さからくるものでもあることが分かった。

さらに努力家であり、リックのような狂気《きょうき》までとは言わないが限界を超《こ》えた訓練を自分で続けることができる心の強さもある。

まさか自分が師匠《ししょう》のような立場になるとは思ってもみなかったが、努力家で才能もある弟子《でし》の成長は、見ていてなんとも楽しいものだった。

夢は「女性初の特等騎士」らしい。

確かにそれは大きな偉業《いぎょう》だと思う。そして、才能と意志に溢れたこの少女ならいずれ必ず達成するだろうとリックは信頼《しんらい》している。

「……そんな相手と戦うことになるとはな」

リックは目の前で剣を構えるアンジェリカを見ながらそう呟《つぶや》いた。

そしてリックも拳《こぶし》を構える。

その時、ふっ、とアンジェリカの口元が緩《ゆる》んだ。

「どうしたんだ？　これから戦うってのに緊張《きんちょう》感が無いな」

「いえ、任務中に不謹慎《ふきんしん》かもしれませんが、リックと戦えるのが少し嬉《うれ》しいですわ」

「……そうか、やるなアンジェリカ」

俺なんてブロストンさんに挑《いど》む時は、一晩中ビビり散らかしてたのに。とリックはそう呟いた。

「でも、そうだな……俺もアンジェリカと戦うのは楽しみかもしれない」

自分が鍛《きた》えた相手の強さがどれほどのものになったのか……確かにこれは楽しみだなと思う。

「では参りますわ……『瞬脚』!!」

アンジェリカの体がスムーズな動きで疾走《しっそう》した。

得意中の得意技。

（相変わらず見事な『瞬脚』だ。さらに磨《みが》きがかかってる。動き出しがスムーズすぎて、一瞬反応が遅れるほどだ）

そもそも『瞬脚』は、魔力《まりょく》を使って無理やり一瞬で足の筋肉を収縮させる『強化魔法』である。自分の神経から伝わる電気を使って筋肉を動かすわけではないので、基本的には大雑把《おおざっぱ》な動きになる。

それこそSランクや『超越者』でも力のロスは大きい。

しかし、アンジェリカは自分の神経を使って動かすのと変わらず……いや、それ以上に無駄《むだ》のない加速を実現していた。

が。

リックはアンジェリカの突進《とっしん》を最小限の動きで軽々と躱《かわ》した。

しかし、アンジェリカとしてもこれくらい躱してくるのは想定済みだろう。

すぐさま地面を強く蹴って百八十度方向転換《てんかん》。

「『瞬脚・厘《りん》』!!」

さらに一段階上の加速で連続の刺突《しとつ》を仕掛《しか》ける。

それに対してもリックは素早《すばや》く反応。

上体を反らすことでギリギリ回避《かいひ》した。

「当然これくらいは躱してきますか。さすがですわねリック」

アンジェリカがそう言うと。

「……アンジェリカ、お前最高速度落ちてるな？」

リックはアンジェリカの動きを見て気づいたことを口にする。

ピタリとアンジェリカは動きを止めた。

「やはり気づかれますわよね……」

アンジェリカはそう呟いた。

リックは心当たりを口にする。

「『界綴《かいてい》強化魔法』全文詠唱《えいしょう》の後遺症《こういしょう》か」

「その通りですわ。まあ、生きているだけで儲《もう》け物だったわけですが……私の体力は元に戻《もど》すのにもうしばらくかかりますし、戻ったとしてもそれ以上の体力をつけることは難しいと思いますわ」

リックは以前ミゼットとブロストンから聞いたことを思い出す。

『界綴強化魔法』全文詠唱は使用した場合、ほとんどの場合死ぬがごく稀《まれ》に生き残ることがある。しかし、その生き残ったものに共通するのが『魔力量』や『体力』の『最大値の減少』である。

単純に体力が落ちたなら鍛え直せばいいし、魔力量も若いうちにある程度鍛えた者ならまた経験値を取得すれば上昇《じょうしょう》していくことができる。だが『最大値』が落ちる場合はそうはいかない。

鍛え上げて最終的に辿《たど》り着くMAXの能力値。

それが大幅《おおはば》に下がってしまうのだ。不可逆的に。

「……まあ、こういうことは自分で言いたくないですが。仮に私が今からリックのやったブロストンとの死のトレーニングを同じ期間やったとしても、リックのレベルに辿り着くことはなくなったでしょうね」

「後悔《こうかい》してるか……?」

リックはそんなことを問うた。

超人的《ちょうじんてき》な戦闘能力を前提に選ばれる特等騎士を目指すアンジェリカとしては、かなり厳しいハンデだ。

しかし、アンジェリカは首を振った。

「いえ、妹を助けるため死力を尽《つ》くした。後悔など微塵《みじん》もありませんわ」

アンジェリカは晴れやかな表情でそう言った。

「いい弟子を持つと誇《ほこ》らしいって、ブロストンさん言ってたけどその通りだな」

「では、もっと期待に応えなければいけませんわね」

アンジェリカが再び剣を構える。

「失ったものは大きいですが得たものもあります……見せてあげますわよ師匠」

□□

（……得たもの？）

リックはアンジェリカの言った言葉を頭の中で反芻《はんすう》する。

（アンジェリカはあんまりブラフを使ったりするタイプじゃない。言う以上は何かあるんだろう……）

これが訓練での模擬《もぎ》戦ならアンジェリカの得たものとやらを、存分に披露《ひろう》してもらうのもいいだろう。

だがこれは『六宝玉』をかけた真剣《しんけん》勝負。

「わざわざ披露させる前に、先制攻撃で潰《つぶ》してしまうのが効率的だな‼」

リックは地面を蹴って加速。

強化魔法などは使わない、身体強化と身体操作のみのただのダッシュである。

しかし、その最高速はアンジェリカの『瞬脚』を軽々と上回る。

瞬《まばた》きする間も無くアンジェリカの目の前まで迫ったリックは、拳を放つ。

もちろんこの拳も繰り出すモーションからすでに目にも留まらぬ高速の動きである。

……しかし。

「ふっ!!」

アンジェリカはギリギリのところで躱した。

「!!」

驚《おどろ》いて目を見開くリック。

さすがに知り合いを殺すつもりは全くないので、全力には程遠《ほどとお》い。

(だが……数ヶ月前のアンジェリカなら見切ることも反応することも不可能な速さは出したはずだぞ?)

十分にこの一撃で倒すつもりで放った拳である。

リックはブレーキを踏《ふ》んだ反動も使いつつ右に回転、その勢いのまま回し蹴《げ》りを放つ。

しかし、これもアンジェリカは本当にギリギリの紙一重で回避した。

「これも躱すのか。なら」

今度は左右の拳でのラッシュ。

それも一撃必殺を狙ったストレートではなく、回転数を上げたジャブである。

リックが行えば、もはや一撃一撃の後の拳を引く動作すら見えない、拳の壁《かべ》が迫ってくるようなものである。

しかし、それすらもアンジェリカは。

「視《み》えてますすわよ!!」

全て最小限かつ最短の動きで躱してくる。

(……いや、待て。これはおかしいぞ)

そこでリックはようやく気がついた。

(……アンジェリカのやつ、こっちのパンチを全く見ていない?　やっぱり動きを目では追えていないんだ)

ならばいったいなぜ?

そんなことを考えていると。

「そこですわ!!　『瞬脚』!!」

神がかり的なタイミング。

連続パンチの中で、リックの全身が最も硬直した瞬間《しゅんかん》に、アンジェリカはこちらに向けて突《つ》きを放ってきた。

「!!」

ガシィ!!　と鈍《にぶ》い音が響く。

見事に命中したその一撃は……。

「相変わらず……頑丈《がんじょう》とかいうレベルではないですわね」

リックの肩《かた》に向かって真《ま》っ直《す》ぐに突いたはずの剣は、その皮膚《ひふ》を全く貫《つらぬ》けてはいなかった。

「まあ、武器をほとんど使えないからこれくらいは鍛えないとな。特に拳とかは、達人級の剣と打ち合えるように鍛えてあるぞ」

リックはそう言いつつ蹴りを放つ。

アンジェリカはこれも後方に宙返りして躱した。

「……」

リックは柔《やわ》らかく地面に着地したアンジェリカをジッと見つめた後に言う。

「アンジェリカ……視えてるな?」

「……」

アンジェリカの眉《まゆ》がピクリと動いた。

「なんで『界綴強化魔法《まほう》』でボロボロになった体で、今俺が出してるレベルの攻撃を躱せるのか疑問だったんだ」

そう、最初のうちは強さの一般的《いっぱんてき》な感覚が崩壊《ほうかい》して加減ができなかったリックだが、今や力の調整の達人と言っていいレベルである。

ちゃんと今の体力のアンジェリカなら回避できず当てれば一撃で倒せるちょうどいい力を出しているのだ。

集中したところで物理的に目で追えないはずなのである。

「……だからたぶん、見てるんじゃなくて何か特殊な能力で『視えてる』だろ？　俺の次の動きが」

さっきの蹴りを躱すときなどはリックが実際に蹴りを放つ前から、アンジェリカは回避行動に移っていた。

頷くアンジェリカ。

「ええ、そうですわ。ディルムット公国のあの一件で生死の境を彷徨《さまよ》った後のことです」

アンジェリカ曰《いわ》く。

界綴強化魔法の反動からなんとか立って歩けるまでに回復するためにリハビリに励《はげ》んでいるアンジェリカが、最初にそのことに気がついたのは、病院の来客についてだった。

元々一等騎士《きし》として平均以上には人の気配を読むことは得意な方ではあったのだが。

（……今日はお兄様と妹が来る気がしますわね）

そんなことを思っていると、本当に兄と妹がやってきたのである。

もちろん、一回だけならたまたまでしかない。

アンジェリカはこれでも自分の道は自分で切り開く、オカルトはあまり信じないタイプである。

自分と同じ貴族の子女たちが、占《うらな》いやらおまじないやらにハマっているのにはついていけなかった。

それは魔法理論的に……あるいは科学的にどんな根拠《こんきょ》があるんだとツッコミたくなる。

だが、毎回毎回百発百中で予感した通りに見舞《みま》い客《きゃく》がやってくるとなればそんなアンジェリカでも信じざるをえない。

理由はさっぱり分からないが、どうやら「これから起こること」を感じ取る力が自分には備わったようだった。

もしかしたら、これは実戦でも使えるのではないか？

そんな風に思ったアンジェリカはさっそく試《ため》すことにした。

結果、相手の行動がなんとなく分かる程度のもので、これでもかなり落ちた身体能力分の助けにはなったのだが、戦闘が高度高速になってくると正確に次の行動が分かってほしいところである。

身体能力の上限が落ちてしまったアンジェリカなら尚更《なおさら》だ。

「……ヒントになったのは、綴蛾《ハニーワーム》の心の声を聞く能力の使い方ですわ」

『極白祝福《エンジェルフォースオーバードーズ》』の全文詠唱を使用したアンジェリカを前に、あの大量殺人犯は固有スキルの全ての性能を、相手の心を読む能力に集中していた。

それにより実質的な相手の行動の未来予知が可能になったわけである。

心を読む力と未来を見る力、本質的には違う力だが要は「選択《せんたく》と集中」である。

アンジェリカはぼんやりとこれから起こることが分かるようになっている普段《ふだん》の状態から、戦闘の時は戦っている相手のこれから先の動きを感じ取ることに意識を集中させるようにトレーニングを積んだ。

そうして可能になったのが……。

「今の私には『相手の数秒先の未来』が視えますわ」

リックはやっぱりかと思いつつ、改めて驚いて目を見開く。

まあ、さっきまでの動きはそうでもなければ明らかに説明がつかない動きだったわけだが。

「すごいなそれ……死にかけたら身についたってことは、何度も繰り返したらもっと先の未来も見えるようになるんじゃないか？」

「単純に死にかければいいわけではないと思いますわよ。現にリックだって何回も死んで……というか怖《こわ》いこと言いますわね。発想がブロストンと同じですわよ」

「……それはすまんかった」

ちょっとショックを受けるリック。

アンジェリカは自分の手を見つめて言う。

「もしかしたらこれが私の『固有スキル』なんですかね？　検査では因子が見つかりませんでしたが……」

「いや、『固有スキル』は取得した時に例外なく『無機質な声』が聞こえるらしいんだ。『固有スキルを取得しました』ってこととスキルの名前がその声から伝えられる。俺もそうだったからな」

「確かに……それは聞いたことがないですわね」

（……ってことは、アンジェリカが手に入れたのは生死を彷徨ったことで跳《は》ね上がった直感力みたいなものなわけか）

リックは拳を構える。

どんな能力か分かったが、分かったところで猛烈《もうれつ》に厄介《やっかい》な力であることには変わりない。

「さて……どうするかな……」

□□

リックが自分の弟子の成長に感心する一方。

（……さて、ここまでは戦えていますが、どうしましょうか）

アンジェリカも考えを巡《めぐ》らせていた。

リックの未来の動きを視ることで攻撃を躱し、こちらの攻撃を当てることができたのはいいが、そもそもリックの体は圧倒的《あっとうてき》に頑丈である。

眼球や金的などの強度が脆《もろ》い本来は鍛えられない部分ですら、なぜか高強度を誇っているのである。

（まあ、おそらく何万回も全身くまなく破壊《はかい》されて再生されたせいなんでしょうが……）

とんでもない話だ。人よりは根性《こんじょう》があると自負しているアンジェリカにも、さすがにできる気がしない。

というか普通《ふつう》に同情した。

（ですが、今の段階でダメージを与《あた》えられないようでは話になりませんわ）

なにせまだリックは自分を殺してしまわない程度に力をセーブしている段階だ。

自分がリックを追い込めば、ギアを上げてくるだろう。

それすら引き出せないというのはあまりに情けない。

（『火力不足』はこれからも課題になることですわ……この戦いで道を見出《みいだ》す!!）

「今度はこちらからいきますわよ!!　強化魔法《まほう》『継瞬脚《けい》』!!」

アンジェリカが発動したのは『瞬脚』の変化魔法。

最高速では普通の『瞬脚』に劣《おと》るがその分、一度発動した後再度の詠唱無しでの連続高速移動を可能にする。

それを活《い》かして次々にリックの体に、様々な角度からすれ違《ちが》いざまの斬撃《ざんげき》を放っていく。

とはいえさすがのリック。

このくらいの連撃《れんげき》なら剣と打ち合える拳を使って完全に捌《さば》ききってくるが……。

「くっ!!」

なんと驚くことに防戦一方。

攻撃《こうげき》を防ぐことしかできない。

「絶妙《ぜつみょう》に反撃《はんげき》に転じにくい角度とタイミングで攻撃してくるな!!」

アンジェリカが行っているのは未来の相手の動きが見えているからこその、反撃を封《ふう》じる連続攻撃である。

「人間には『その瞬間はその方向に体を動かせない』という『肉体の死角』が存在する……って言っても普通は狙《ねら》えるもんじゃないが、未来が見えるならできなくはないってことか!!」

もっとも身体操作のレベルが怪物《かいぶつ》級のリックの肉体的な死角など、本当に一瞬《いっしゅん》僅《わず》かに現れる程度である。アンジェリカのスムーズな加速によってそれは実現していた。

（……とはいえ、これもリックにダメージを与えるようなものではありませんわ）

根本的な基礎《きそ》能力が下がったことによる火力不足を補えるものではないのだ。

アンジェリカ自身の力では到底《とうてい》ダメージを与えるに足りない。

ならば……。

「リック……遠慮《えんりょ》は要りませんわよ」

「ん？」

「私を殺さないように力を加減しているのは分かってますわ」

「いやまあ、そうだけど。一応一発当たったら即《そく》ノックアウトくらいには力出してるぞ」

「ですが、それでは私に攻撃は当たりませんわよ？」

アンジェリカは挑発《ちょうはつ》するような声でそう言った。

それを聞いたリックは。

「……いいのか？　かなり危険だぞ？」

「アナタの前に立ちはだかった時点で、十分に危険でしょう」

「そうか……じゃあ」

リックが拳を構えて体を沈《しず》みこませる。

「もう少し力を入れてみよう」

そして、次の瞬間。

地面が爆発《ばくはつ》したかのような強烈《きょうれつ》な踏み出しと共に、リックの体が加速した。

先ほどまでとは比べものにならない速度で一瞬で、アンジェリカの方に間合いを詰《つ》める。

（やはり、先ほどまではだいぶ加減してましたわね!!）

これでもまだ本気ではないのだろうが、まあ少なくともBランク最上位程度の基礎能力しかない今のアンジェリカに出すような力ではないことは確かである。

とはいえ、未来の見えるアンジェリカだ。

右に飛べばギリギリ躱すことができる……。

「‼」

アンジェリカは咄嗟《とっさ》に跳躍《ちょうやく》を中断する。

次の瞬間、こちらに駆《か》けだしていたリックが急にアンジェリカが移動しようとしていた右に方向転換してきたのである。

アンジェリカが視た未来になかったということは、アンジェリカの回避行動の起こりを見てから強引《ごういん》に方向を変えたのだろう。

筋力の出力をあげたことで、こんな強引なことも可能になる。

その変化も事前に予知できたわけだが、通常の予知よりは見えるタイミングが遅い。

その横をリックの拳が通り過ぎる。

ゴオッ‼

というまるで一瞬にして大型台風の中に放り出されたかのような風圧が、アンジェリカの頭部を襲《おそ》う。

「ぐっ……これは手加減技の一つ？」

「ああ、あえて空気抵抗《ていこう》を大きくした拳の風圧で敵の脳を揺《ゆ》らす『空振《からぶ》りパンチ』だ。手加減以外にも使えるんだなこれが」

アンジェリカも闘技会で戦った時に何度か見たことのあるリックの手加減技の一つである。

本来はリックの強すぎる力で相手を殺してしまわないようにするために使われるが……。

「ふっ!!」

リックはさらに拳を放ってくる。

アンジェリカはこれも躱すが……。

拳から発生した風圧と衝撃波がアンジェリカの体に襲いかかる。

(く……今度は内臓を揺さぶられましたわ……)

爆弾《ばくだん》における人体の損傷の多くは爆発に巻き込まれることそのものより、爆発で空気が振動《しんどう》した衝撃波によるものである。決して侮《あなど》れるものではない。

リックの拳はそれと同じ効果を備えていた。

「……なるほど、ギリギリで見極《みきわ》めて躱すなら『攻撃範囲《こうげきはんい》を広くする』というわけですわね」

「その通り!!」

これもリックが先ほどよりも出力を上げたからできることである。

（技で勝つ……技術で勝つ……よく聞く聞こえのいい言葉ではありますが……）

そもそもの話として、基礎的《きそてき》な身体能力や魔力量が高いほど「使える技術の幅《はば》が広がる」のである。

つまりは基本的に「力の強いやつの方が技術も充実《じゅうじつ》している」。

分かってたことがこうしてリックに目の前で見せつけられると、その厄介さと、もうこまでの出力を生み出すことはできなくなってしまった自分の現状を思い知らされる。

「さあ、どうするアンジェリカ？」

リックはそう言いつつ拳を何度も放ってくる。

当然全て「空振りパンチ」。

アンジェリカは未来視によって直撃《ちょくげき》は避《さ》けることはできるが、衝撃波《しょうげきは》まで完全に避けきるまで大きく動けば、身体能力的に次の攻撃を躱すことができない。

よって。

「ごっ……!?」

何度も衝撃波と風圧に体の内部を揺さぶられ、ダメージが蓄積《ちくせき》していく。

口元から血が滲《にじ》んだ。

これを続けていたら長くは持たない。

（くっ……ですが、もう少し……）

アンジェリカはタイミングを計っていた。

狙っているのはカウンターである。

自分自身が高い腕力《わんりょく》や魔法出力を出せなくなり、リックという体力の化け物にダメージを与えるにはどうすればいいか？

単純な話で『相手の力を利用すればいい』のである。

リックの馬力なら当然強力……そこに自分の力も上乗せして斬撃を叩《たた》き込めば、いくらリックといえどノーダメージということにはならないだろう。

（必要なのは完璧《かんぺき》なタイミング……）

リックの攻撃の速度が最も乗ったところでその芯《しん》を外し、尚且《なおか》つ自分も十分に速度を乗せて剣の最も芯が通った部分を当てること。

未来が見えるのだから相手のタイミングを計ることは難しくない……というわけには行かない。

先ほどもそうだが、未来が見えても未来を見たことで自分の行動を変え、その自分の動きを見た相手が行動を変えたらダメなのだ。

だからこそ、未来を見た上での動きはギリギリまで我慢《がまん》し、直前で変更《へんこう》しなければならない。

（リックはその身体操作技術と筋力で、本当に当たる直前からでも拳の軌道《きどう》を曲げたりすることができる……つまり、それすら間に合わないほどの『極限の一瞬』……そこをつかなくてはならないですわ）

アンジェリカは『空振りパンチ』によるダメージを受けながら、その一瞬を探《さぐ》る。

（……まだ、このタイミングじゃない）

内臓へのダメージが蓄積。

口元から血が滲み始める。

（……まだ……もっと……集中力で時間の認識《にんしき》をより細かく……）

体へのダメージがいよいよマズイレベルになってきた。

あと十秒もこの衝撃波の連撃をくらえば体が膝《ひざ》をついてしまうだろう。

だが、我慢だ。

このタイミングをミスればそれこそ一撃《いちげき》で終わってしまう。

……そして。

アンジェリカはこちらに拳を放ってくるリックの右脇腹が一瞬光ったように見えた。

「……今!!」

アンジェリカの体が詠唱をしていないにもかかわらず、『瞬脚』を発動し加速する。

正確には詠唱自体は数分前にこっそり行っていた。

『発動遅延《ちえん》』……高等技術の一つであり、詠唱してから魔法を発動するまでの時間を遅《おく》らせるものである。

アンジェリカはその遅延を今解除したわけである。

よって詠唱の前準備無しでの加速を実現した。

そしてアンジェリカの剣は先ほどリックの体の光った部分に吸《す》い込まれていき……。

両者が交錯《こうさく》した。

そして……。

「……よし」

アンジェリカはそう呟いた。

「本当に驚いたな……」

リックの右脇腹が少しだが切れて、血が流れていた。

■■

リックはトレーニングという名の「地獄《じごく》を超えた何か」によって、通常ではありえないような肉体を手に入れたわけだが、中でも自分でも驚いたのはその耐久力《たいきゅうりょく》であった。

「……うお、本当に刃物《はもの》とか通らなくなってる」

訓練を開始して一年たったその日。

自分で包丁を持って、自分の腕《うで》の皮膚が柔らかいところに突き立ててみたのだが全く切れる感じがしない。

「まあ、ブロストンさんなんて思いっきり剣を突き立てたり、引いたりしても刃物の方が壊《こわ》れるからな」

瞬間的《しゅんかんてき》に筋肉を固めることがコツらしいが、まだリックにはさっぱり分からない。

「まあでも、冒険者《ぼうけんしゃ》やるにはこれくらい必要なんだろうなあ」

今思うと、冒険者をやるだけならそこまで必要ないぞとツッコミを入れたくなるところであるが、訓練が過酷《かこく》すぎて半ば正気を失っていたリックはそう呟いたのだった。

その後、さらに一年の地獄を潜《くぐ》り抜けることによって、リックの体はさらなる強靭《きょうじん》さを手に入れ師匠であるブロストンとの殴《なぐ》り合いに耐《た》えるほどまでになった。

この耐久力のおかげで潜り抜《ぬ》けた窮地《きゅうち》は山ほどあるし、今でも自分の一番の武器は耐久力であると思っている。

■■

(……だってのにアンジェリカのやつ)

リックは本来今のアンジェリカの身体能力では反応できないはずの踏み込みから、拳を放つ。

しかし。

「ふっ!!」

アンジェリカの剣《けん》がその拳の隙間《すきま》を縫《ぬ》ってリックの体に突き立てられる。

リック自身の膨大《ぼうだい》な加速力を上乗せされたことで、リックの頬《ほお》の皮膚が少し切り裂《さ》かれ血が流れる。

「ちっ!!」

何より難しいのが、お互《たが》いの力が衝突《しょうとつ》したときに力が逃《に》げないようにすることである。

相手の動きに対し本当に真っ直ぐ剣を突き出さなければ、アンジェリカの力ではリックに傷をつけることはできないのだ。

タイミング、角度、狙うポイント、全てが「そこしかない」まさに完璧なカウンター。

しかも、アンジェリカはそれをまぐれではなく連発してくるのだ。

「……凄《すご》いな。それ、俺《おれ》でもできないぞ」

何度か狙えばたまたま決まることもあるかもしれないが、格上相手に連発というのは無理である。

「まだ全然全力を出してないくせによく言いますわね」

アンジェリカはリックの猛攻《もうこう》にカウンターを合わせながらそんなことを言う。

またアンジェリカの剣がリックに命中。

出血する。

「それでもだよ……仮に俺がアンジェリカの身体能力だったら、自分にダメージを与えられるか分からないしな。本当に大したもんだ」

「なら体力のセーブをやめますか？　正直死にたくはないですが、カウンターを決めれば深々と体を抉《えぐ》れる可能性もありますわよ」

強気にそんなことを言ってくるアンジェリカ。

「……ははは」

リックは思わず笑ってしまう。

「さすがにそれはやめとくよ。ブロストンさんもいないし……だけど」

そこで一度言葉を区切ったリックに、何をする気だ？　と眉を顰めるアンジェリカ。

「技術の方は全開で使わせてもらうとするよ」

次の瞬間。

リックの体が音もなくアンジェリカの視界から消え去った。

□□

一方その頃《ころ》。

「不敬!!　死刑《しけい》!!　地獄行き決定!!」

「地獄にいくのはお前だ無差別殺人犯が!!」

ドン!!

とイリブートとエルリックの武器が激しくぶつかる。

撒《ま》き散らされる衝撃波。

バキバキと周辺の木々がそれだけで薙《な》ぎ倒《たお》される。

（ゲスが……当たり前だが実力は本物か……つくづく人間性の良さと実力は無関係だと思

い知らされるな）

エルリックはイリブートを憎《にく》らしい目で見ながらそんなことを思う。

エルリックは自他共に認める古いタイプの人間であり、大陸正教への信仰《しんこう》も深い。

目の前のゲスが大陸正教の施設《しせつ》にどれだけの被害《ひがい》を及《およ》ぼしてきたかを考えると、今すぐ牢屋《ろうや》に叩き込《こ》み裁判で全ての罪をその口から自供させ、そしてエルリック自身の手で首を切り落としてやりたいくらいである。

だが残念ながら実力は拮抗《きっこう》していると言わざるを得ない。

「強化魔法『剛拳《ごうけん》』!!」

エルリックが打ち込む剣に強化魔法の力を上乗せする。

「むん!!」

それによりイリブートをガードごと吹《ふ》っ飛ばした。

「おう!?　相変わらずの馬鹿力だな!!」

「ワシはまだまだ若輩《じゃくはい》ものではあるが、パワーは取り柄《え》だからな」

（パワーだけでなく、身体能力はだいたいがワシのほうが上……そして）

イリブートがこちらに掌《てのひら》を向けてくる。

「第六界級魔法《かいていまほう》……『イビルハンド』!!」

次の瞬間。

イリブートの影《かげ》から黒い巨大《きょだい》な腕が伸《の》びてくる。

全長５０ｍの超巨大《ちょうきょだい》な魔力《まりょく》をまとった影の腕。

それがエルリックに向かって降り注ぐ。

右に大きく飛んでそれを躱《かわ》すエルリック。

ドオオオン!!

と影の腕が叩きつけられ、何本も木々を薙ぎ倒した。

「……魔力量と魔力操作はやつの方が上か。距離《きょり》をとって戦えば貴様が有利。逆に接近戦ではワシが有利ということになる」

が、しかし。

「ひゃっほう!!」

イリブートは上機嫌《じょうきげん》な声を上げながら、自分からこちらに向けて突っ込んでくる。

本来ならただの自殺行為《こうい》、相手を有利にするだけである。

（……だが）

エルリックが向かってきたイリブートを迎《むか》え撃《う》とうと、足を踏み出したそのとき。

「!?」

その足を僅《わず》かに踏み外《はず》した。

「ほら!!」

その隙《すき》に打ち込まれる黒いタルワール。

「ちっ!!」

さすがのエルリックも、体勢が崩《くず》れていては打ち負けてしまう。

(……これだ!! さっきから、こっちが攻撃をしようとする度に一万回に一回も出ないような動作のエラーが起きる!!)

「死刑《しけい》死刑死刑死刑死刑死刑!!」

意気揚々《いきようよう》と攻撃を叩きこんでくるイリブート。

「この……調子に乗るな!! 『剛拳・京《けい》』」

「ぬおっ⁉」

エルリックは強化魔法を使用して力任せにイリブートの連撃を弾《はじ》き飛ばした。

再び少し離《はな》れて睨《にら》み合う両者。

「ははは、本当に馬鹿力だなお前は!! リーダーは別として、俺以外のアビスナンバーでは倒すのが難しかろう」

イリブートがそんなことを言う。

「当然だ『超越者《ちょうえつしゃ》』を『超越者』以外が倒すのは至難……今の第十位はその番狂せを起こしてグランドリスト入りしたようだがな。千年以上続く『大陸会議』の長い歴史で『超越者』がそれ以外のものに敗北した事例など片手で数えるほども起こっていない」

これは逆に言えばエルリックと騎士団《きしだん》にも同じことが言える。

ミハエルは別として、自分以外の他の騎士団員たちがこの男を相手にするとなれば、かなりの数をかけなくてはならないし仮に倒せても犠牲《ぎせい》は甚大《じんだい》なものになるだろう。

「……だから、ここでワシが倒すしかないか」

そんなことを思っていると。

(……国王陛下より伝令ですエルリック特等)

頭の中にそんな声が聞こえてきた。

(……ブルーノか)

これはかつて『伝説の五人』の一人、現代魔法戦の基礎を作ったと言われるほどの超天《ちょうてん》才魔《さいま》法使《ほうつか》いストライド・ジークフリートが使っていたとされる『メモリーアーチ』を応用した念派通信である。

『王器十三円卓《えんたく》』最高の神性魔法の使い手である第十一席、ブルーノは唯一《ゆいいつ》現代でもそれを使用できる。

もっとも、実際のストライドは2km以上離れた場所から相互《そうご》に通信することができるという恐《おそ》るべき性能を有していたらしいが、ブルーノはせいぜい1km程度。

それでもこうして戦場での情報交換《こうかん》においては十分すぎるほどに有用である。

(……国王より伝令です。『一旦《いったん》引け、まだ戦力の消耗《しょうもう》は控《ひか》えるように』とのこと)

(まて……目の前には我々騎士団も長年追っていた凶悪《きょうあく》犯罪者がいるのだぞ？　こいつを早急《さっきゅう》に裁かずしてどうする)

(……さあ、ワタクシは国王陛下の命令を伝えるだけですので)

「むう」

エルリック納得《なっとく》いかない表情で唸《うな》る。

「はあ……ラファエル坊め、今度は何を思いついたのか。いい加減、大した思慮《しりょ》もなく思いつきで王権を振《ふ》るう悪癖《あくへき》を直して欲《ほ》しいものだな」

現国王がまだ生まれたばかりのときから知っているエルリックはそんなことを呟《つぶや》いた。

「……幸運だな犯罪者、どうやらお前に裁きを下すのは後になるようだ」

「ははは、幸運というのは違うな‼　幸運は神が与えるもの。そして神は俺なのだから俺の運がいいのは幸運じゃなく必然だ!!」

相変わらず傲慢《ごうまん》なセリフを堂々と言ってのけるイリブート。

「……それから、神は今お前を殺したくてしょうがないぞ?」

そして逃《のが》す気などさらさら無いというように剣を構える。

「ふん……それはこっちのセリフだがな。騎士の端《はし》くれとして王命には従わないとならん」

そう言うとエルリックは剣を振りかぶった。

「強化魔法、『剛拳・溝《こう》』」

腕力強化魔法である『剛拳』。いくつかのグレードが存在し、上のレベルのものを使えば使うほど当然ながらそのパワーは増す。

しかし魔力消費や体への負荷《ふか》、強化された肉体を操作する難易度などを考えると、現実的に使用可能なのは『剛拳・穣《じょう》』までと言われている。

実際Sランク最高レベルの実力を持つラインハルトが決《き》め技として使っているのがそれである。

だが常識を突き破《やぶ》ってこその『超越者』。

エルリックが使用するのは、さらに上の穣よりもさらに上の腕力強化である。

両腕《りょううで》に凄《すさ》まじい量の魔力が込められていく。

ビキビキと金属のような筋肉が浮《う》かび上がった。

「決殺奥義《おうぎ》『爆砕剛斬《アースブレイク・ガラディーン》』」

『王器十三円卓』がそれぞれ持つ必殺剣、決殺奥義。

第二席にして全騎士の中で最強のパワーを誇《ほこ》るエルリックのそれは……。

「ふー」

鍛《きた》え上げた腕力を超上級《ちょうじょうきゅう》強化魔法でさらに強化し、渾身《こんしん》の力で剣を振るうという超シンプルなものである。

「むん!!」

エルリックは振りかぶった剣を思いっきり、地面に叩きつけた。

次の瞬間《しゅんかん》。

ドゴオオ!!

という凄まじい爆発音《ばくはつおん》と共に大地震《おおじしん》でも起きたかのように大きく地面が揺れた。

「うお!?」

『超越者』のイリブートですら一瞬バランスを崩すほどの揺れである。

同時に尋常《じんじょう》ではない量の砂煙《すなけむり》が舞《ま》い上がった。

砂煙と共に広がった衝撃波に、体が宙に浮き吹っ飛ばされそうになるイリブート。

「第一界級魔法『エアクッション』!!」

イリブートは自分の背後に空気の壁《かべ》を作ることで、少し後ろに吹っ飛ばされただけに止《とど》める。

そしてその煙が消えるとそこにはもうエルリックの姿はなかった。

代わりに出現したのは半径数百メートルの巨大なクレーターだった。

「ははははは!!　さすがにこれをくらったら死ぬな!!」

笑ってそんなことを言うイリブート。

「……しかし、殺し損《そこ》ねてしまったぞ。この俺が殺したい気分なのに誰《だれ》も殺せていないなどあってはならないな」

イリブートは顎《あご》に手を当ててそんなことを呟く。

「よし……じゃあ、次に会ったやつを殺そう。そうしよう」

そういってイリブートは『ジパング』の森の中を進んでいくのだった。

「……はあ……はあ……やっぱり、遠いですわね」

アンジェリカは地面に仰向《あおむ》けに横たわっていた。

（……結局負けですわ。いやまあ、さすがに勝てるとは思っていませんでしたが）

とはいえ、もう少し身体能力のセーブを緩《ゆる》めさせることができると思ったのだが。

「でもアンジェリカは強くなってるよ」

こちらを見下ろしながら、そんなことを言ってくるリック。

「そうは言っても、ちょっと新しい技を見せられたらこの様ですわ……」

アンジェリカは空を見上げながら言う。

「……まあ、当たり前の話ですわよね。私が強くなる間に、リックも鍛錬《たんれん》して強くなるのですから」

一度開いた差というのはそうそう縮まらない。

相手がギースのようなサボり魔《ま》なら別だが、リックのような努力家なら尚更である。

「それでも、前よりは縮まったさ。どんどん成長していくなアンジェリカ」

真《ま》っ直《す》ぐにこちらの目を見て、そんなことを言ってくるリック。

嬉《うれ》しいような……悔《くや》しいような。

その時。

「通りがけに見かけたから来てみれば……見事にやられているなアンジェリカ嬢《じょう》」

森の中からエルリック特等が現れた。

エルリックは地面に倒れるアンジェリカにポーションを飲ませ少し体力を回復させると、その体を担《かつ》ぎ上げる。

「かたじけないですわ」

「なに、組織は助け合いが肝心《かんじん》だ」

顔の作り自体は厳《いか》ついが、優《やさ》しげな笑顔《えがお》をこちらに向けながらそう言ってくるエルリック。

「というわけで、すまんが連れて行くぞ」

エルリックはリックの方を見て言った。

「んー、いや、今のアンジェリカは十分以上にやっかいだからなあ。正直ここで戦闘《せんとう》不能にしておきたいんだけど……」

リックはエルリックの方を見る。

「……でもまあ、ワザワザお前みたいな強いやつと戦う必要も無いと言えば無いんだよな。

『オリハルコンフィスト』的には無理に戦わなくても逃げ切れば勝ちだし」

何やらぶつぶつと呟くリック。

「色々と複雑なようだが、ワシとしても放っておいてもらえるならありがたいな。撤退《てったい》命令が出ている」

エルリックはそういうと、アンジェリカをかついだまま地面を蹴《け》ってその場を去って行った。

□□

（……リック、結局追ってきませんわね）

しばらくエルリックに担がれて森の中を基地に向けて戻《もど》っているが、結局リックが後ろから迫《せま》ってくることはなかった。

「……あの犯罪者は？」

アンジェリカはエルリックに尋《たず》ねる。

「国王からの指示で一時撤退だそうだ」

「このルールでですの？　あまり悠長《ゆうちょう》にする時間があるようには思えないのですが……」

アンジェリカは疑問を覚える。

この戦いは二日間という短期決戦だ。慎重《しんちょう》になる気持ちは分かるが、少なくとも十分に勝算のあるエルリックであちらのNo.2を叩いておくのは、全く悪いことではないはずだ。

なにせNo.2であるなら『六宝玉』を持っている確率も高い。

もちろん最も戦闘能力の高いトップが持つのが王道だが、それは敵に読まれ易《やす》いし最高戦力を相手から『六宝玉』を奪《うば》うことに集中させられるというデメリットもある。

とはいえあまりにも弱い人間に『六宝玉』を持たせると、いざ狙われた時に脆《もろ》いというデメリットがある。

だから二番手あたりに『六宝玉』を持たせるというのは十分に考えられる話なのである。

(……ちなみに騎士団の『六宝玉』は国王陛下が持っていますわ。思いっきり襲われた時に脆いというリスクを取っている形ですわね)

まあともかく。

あの状況《じょうきょう》なら、なんなら援軍《えんぐん》を呼んでイリブートをあの場で倒してしまうという判断の方が筋がいいはずなのだ。

「ほんとうに、大丈夫《だいじょうぶ》なのでしょうか?」

「何がだ? アンジェリカ一等」

「国王陛下ですわ……正直、思いつきで行動してるように感じてしまうのですが……」

「……」

イングリット自身、多分に思うところがあるのか少し間が空いた。

だが。

「それでも、上には従うのが組織というものだ」

自負の籠《こも》った声でそう言った。

イングリットは自分の灰色の古い騎士装束《きしししょうぞく》を見る。

「なにより先代国王から賜《たまわ》ったこの騎士装束に俺は誓《ちか》ったのだ。国王の剣として生きるとな……剣は持ち主の扱《あつか》い方《かた》に最終的には従うさ」

イングリットの言っていることは正しい。

そもそも、いざという時には命をかけなければならない国の警察警備、軍事を司《つかさど》る騎士《きし》という仕事において、上からの命令を厳守できないというのはかなりの大問題である。

それではせっかくの大規模な人数を動かすための指示系統が機能しなくなってしまうのだ。

イングリットはただ王室を盲信《もうしん》しているのではなく、その辺りの理由も心得ている。

しかし。

「……だがまあ、俺は古い人間だからな」

そんなことをこのベテラン騎士は呟いた。

「アンジェリカ嬢のような新しい騎士たちは、本当にいざという時は『自分の正義』に従う……その方がいいこともあるのかもしれんな。ワシは今更《いまさら》自分を変えられんが」

「……エルリック特等」

アンジェリカはそれを聞いて、エルリックに運ばれながら考える。

(『自分の正義』ですか……)

正義というのは難しい。独りよがりになる危険を常に孕《はら》んでいるものだ。

「大丈夫だアンジェリカ嬢。お前は性根《しょうね》が真っ直ぐだ。しっかり考えて自分の心に従えばそんなに悪いことにはならんだろうさ」

□□

「……行っちゃったか」

リックは、エルリックがアンジェリカをかついで走り去って行った方を見てそう呟いた。

「うん……これでいい。こっちは無理にリスク負う必要もないからな」

スタート時点で『オリハルコンフィスト』は四つも『六宝玉』を持っているのだ。

これを守り切れば勝ちである。

（……それに『アイツ』と戦うことになるまでなるべく消耗したくないからな。いやまあ、そっちも戦わずにすめばベストだけど）

リックはその少年のこちらを見て、興味深そうに笑う顔を思い出した。

「……なんかなあ。なんとなく、アイツとは戦うことになる気がするんだよなあ」

そんなことを思っていると。


「あー、誰か殺したいなー!!　誰か殺せるやついないかなー!!」


森の中からそんな声が聞こえてきた。

現れたのはターバンを巻いた１９０ｃｍ近い身長の男。

男はリックの姿を見つけると、ニヤアと笑う。

「生贄《いけにえ》はっけーん!!　あー、やっぱり俺は自分の望むことは何でも叶《かな》ってしまうなあ!!」

「騎士団の制服着てないし『ブラックカース』か……にしても明らかに頭のおかしいやつきたな」

まあ、『ブラックカース』に所属するような犯罪者は少なからず、一般的《いっぱんてき》な人間から見れば頭がおかしいのかもしれないが……。

リックは事務員時代、色々な人を見てきたし冒険者の中には陰《かげ》で絶対何か非合法なことをしてるであろうチンピラみたいなやつも何度か見た。

だが、目の前の男は何というかそんな連中と比べても「完全に目がイッてる」。

しかも全身から吹き上がるような濃密《のうみつ》な魔力。

「……はあ、消耗したくないって言ったばっかりなのにな」

そう言いつつ、拳《こぶし》を構えるリックだった。

□□

「さて……先行した班のおかげで、他勢力のおおよその位置の捕捉が完了《かんりょう》しました」

騎士団が基地にしている城の中にある会議室では、六人の特等騎士と国王が長テーブルに座《すわ》って話していた。

会議の進行を務めるのは第十三席のピーター・ライトである。

最初の国王の演説の前に騎士団全員に向かって、戦いのルールを解説していたこの男はここでも似たような役割であった。

「すまんなピーター。いつもこういう場面で進行役を頼《たの》んでしまって」

ラファエルがそういうとピーターは笑顔で首を横に振る。

「いえいえ。もともと私はここにいる皆様《みなさま》には遠く力が及ばないのに、この勉強不足な頭脳を買っていただいて相談役兼《けん》側近として特等騎士にしていただいた立場ですから……強くなくてもできることくらいはしなくては罰《ばち》が当たりますよ」

そんな二人のやりとりに割って入るのは、基地まで戻ってきた第二席のエルリックである。

「そういえば、第二王子はどうしてるんだ？」

「さあ……私も把握《はあく》していませんエルリック特等。ちょっと前に『暇《ひま》だから海辺を歩いて来る』と言って出て行ったきりで」

「……相変わらずの問題児だなあ第二王子は」

エルリックは「はあ」とため息をついた。

「まあ、あの方には言っても仕方ないことですね」

ピーターは苦笑《くしょう》しながらそう言ったあと話を続ける。

「改めて状況を整理しますと、現在我々の『六宝玉』は一つだけ。『ブラックカース』も一つ。最も多く所持しているのは『オリハルコンフィスト』で四つ所持しています」

「要はこの戦いってのは、その『オリハルコンフィスト』からどれだけ『六宝玉』を奪うかって戦いってことだろ？」


若い、勇ましい声が聞こえてきた。

声の主はその声に違《たが》わず、勇ましい表情の少年であった。

長く赤い髪《かみ》はその血気盛《けっきさか》んな人間性を反映したかのように猛々《たけだけ》しく、しかし同時に美麗《びれい》で均整のとれた印象を与《あた》える。

『王器十三円卓』、第四席グレイ・パーシヴァル・カートライト。

弱冠《じゃっかん》、十九歳《さい》。ミハエルに次ぐ最年少の若き特等騎士である。

「俺が行くぜ。その『オリハルコンフィスト』の連中のところに。サクッと『六宝玉』を回収してきてやる」

「……まあ、まてまて若いの」

窘《たしな》めるようにエルリックがそう言った。

「血気盛んなのはいいが、相手はワシと同じ『超越者』だ。軽々に突《つ》っ込んで行っていいものではないだろう」

そう言ってエルリックが肩《かた》を叩《たた》こうとするが……。

次の瞬間。

いつの間にかグレイはエルリックの後ろに回り込んで剣を抜き、その切先をエルリックに突きつけていた。

「だからなんだ？　ジジイ。いつまでの力の差が埋《う》まらないとでも思ってるのか？」

「……また速くなったな。才能溢《あふ》れる若いやつがいるってのは喜ばしいことだ」

エルリックはそう言って肩をすくめる。

「ふむ。ちょうどよい」

そう言ったのは国王。

「『オリハルコンフィスト』のメンバーを現在三名捕捉している。内一名は第九位、イリブートと戦っているからその結果を待つとして、残りの二名のどちらかに差し向けるとしよう」

映写魔法《まほう》によって壁に二名が映し出される。

一人は整った顔立ちだが常にニヤついているハーフエルフ。もう一人は……というかもう一体は巨大な黒いドラゴンだった。

グレイは言う。

「この二人は『超越者』なんだろ？　どっちがリストの上位なんだ？」

□□

一方同じ頃。

「教祖様、発見しました」

『ブラックカース』の構成員の一人が班に戻ってきてそんなことを言った。

その構成員が属している班には他とは違う大きな特徴《とくちょう》がある。

人数が圧倒的《あっとうてき》に多いのだ。

『ブラックカース』はある程度組織的な動きをするようになっているとはえ、元はならず者の犯罪者集団。

そのためイリブートのように単独行動をする人間は多いし、他の班も多くてせいぜい二十人と言ったところである。

しかし、その班はなんと三百人近い大集団であった。

偵察《ていさつ》に向かったメンバーは一人の男の前に跪《ひざまず》いて言う。

「『オリハルコンフィスト』のメンバーです。赤い髪の少女……資料にあったアリスレート・ドラクルかと」

跪いた男を笑顔で見下ろすのは、大柄《おおがら》の男だった。

身長は約2m、体重は筋骨隆々《りゅうりゅう》というよりやや贅沢《ぜいたく》な暮らしによる肥満の印象があるが120kgは超《こ》えているだろう。

「そうですかそうですか……これもアナタの頑張《がんば》りのおかげですね」

大柄の男がそう言うと、偵察から帰ってきたメンバーは恍惚《こうこつ》とした顔で「ありがたや……ありがたや……」と手を合わせて拝む。

「わざわざ一つしか持っていない騎士団を相手にするのは無駄《むだ》です。この戦いは、どれだけ『オリハルコンフィスト』から『六宝玉』を奪えるか……それに尽《つ》きます」

そして、『ブラックカース』内で最も『六宝玉』を獲得《かくとく》したものが全てを独占《どくせん》できる取り決めになっている。

「……では向かいましょう。どんな願いでも叶える『六宝玉』は、我々『報《むく》いの摂理《せつり》』に……そしてその教祖たる私、『アビスナンバー』4、ニツーヌ・アルモンテにこそふさわしい」

第四話　ターゲットは『オリハルコンフィスト』

「はっはっはっ!!　まずは名を聞いておこう!!　今日は殺すやつの名前を聞いておく気分なんだ!!」

「リックだ。リック・グラディアートル」

「ははははははは!!　リックか、平凡《へいぼん》な名だ!!　お前さては凡人《ぼんじん》だな!!」

「いきなり失礼なやつだな……」

「何を言っている？　俺は神だぞ。神に無礼などという概念《がいねん》があるわけなかろうが!!」

「……急に神とか言い出しやがったなこいつ」

リックはそんなやりとりをしつつも、目の前に現れたターバンを巻いた男の様子を観察する。

（筋肉のつき方や足の運びの力強さも考えると……身体操作能力だけ見ても、間違《まちが》いなくSランク最上位クラスかそれ以上ってところか……）

そしてあの高密度の大量の魔力。

おそらくは前に戦った『赤蜻蛉《あかとんぼ》』と同じ……。

「では、こちらも名乗ろう!!　アビスナンバー2　イリブート・レイシュラムだ!!」

「やっぱりかよ」

リックはここにくる前にブロストンに教えてもらい、『グランドリスト』の名前と順位だけは頭に入れていた。

『不遜《ふそん》の信仰者《しんこうしゃ》』イリブート、第九位の『超越者』である。

「では、死ね」

いきなりイリブートが切りかかってくる。

力強い踏《ふ》み込み、鋭《するど》い打ち込み。そして切りつけた相手にデバフを付与《ふよ》する『呪成鉄』。

だが当然リックはこれに十分に対応する。

イリブートの打ち込みを直接拳で迎え撃った。

「ぬ⁉」

剣《けん》と拳の激突《げきとつ》による衝撃波《しょうげきは》で、地面が抉《えぐ》れクレーターが発生する。

「おら!!」

リックは腕《うで》に力を込めてイリブートを弾き飛ばす。

「なんだなんだ!!　お前、俺《おれ》より体力と身体操作が上だな？」

イリブートはそんなことを言った。

「代わりに魔力量に関しては本当に悲惨《ひさん》だけどな」

リックはそう言って苦笑いする。

「だが確かにアンタの言う通り、打ち合ってみた感じこっちの方が強い。これならなんとかなりそうだ」

「はははははは!!　不敬不敬不敬!!　この神である俺を前に『なんとかなりそう』なんて余裕《よゆう》な態度を見せるなどと」

「事実を言ってるつもりだ!!」

リックは地面を蹴って加速し、イリブートに殴《なぐ》りかかる。

一撃《いちげき》目はあえて大振《おおぶ》りの拳を放つ。

当然イリブートには躱されるが。

リックは素早《すばや》く体勢を立て直し、回避《かいひ》のために飛んだイリブートを追撃《ついげき》する。

「!!」

目を見開くイリブート。

リックの動きは明らかに、大振りのパンチを空振《からぶ》りしたものの動きではなかった。

「大振りだったのはモーションだけか!!」

「その通りだ。あんまり力を入れずに大振りすれば、次の行動にすぐ移れる」

要はフェイントである。

とはいえ、達人同士は相手の動くのを先読みすることを前提に動くもの。

こういうちょっとしたところでも、想定よりも早く次の行動に移るだけで、大きく隙をつける。

「しっ!!」

今度はリックの引き手をうまく使った、鋭いジャブがイリブートに襲《おそ》いかかる。

なんとかイリブートはその一撃を剣で防ぐが。

「ぬお!!」

ドン!!

と、凄まじい衝撃《しょうげき》と共に地面と平行に吹《ふ》っ飛ばされていく。

そのまま、何十メートルも地面を転がり最終的に大木に激突し、その木がへし折れることでようやく止まった。

「……まだ立てるみたいだな」

「ゲホゲホゲホ!!」

咳《せ》き込《こ》みながら立ち上がるイリブート。

「……お前、近接戦闘は完全に『超越者』の域に達しているな。いや、むしろその中でも上位の部類だ」

「それはどうも。少なくともお前よりは得意みたいだな」

イリブートも決して近接戦闘が弱いわけではないが、少なくともリックがこれまで戦った『超越者』、ブロストンや赤蜻蛉に比べれば数段落ちる。

彼《かれ》らと互角《ごかく》の戦いを演じてきたリックからすれば、普通《ふつう》に倒《たお》せる相手である。

「どうする？　正直俺はわけあってできるだけ消耗したくないんで、ギブアップならいつでも受け付けてるぞ？」

リックはそう言うが。

「ククク……はっはっはっ!!」

やはりイリブートは笑う。

「ないな!!　神である俺がギブアップなどありえない!!」

そしてイリブートはリックに向けて手をかざした。

「第三界綴魔法《かいていまほう》『フレイムイリミネート』!!」

ドン!!

と、イリブートの右手から放たれる火の玉。

炎《ほのお》系統魔法のよく使われる攻撃魔法《こうげきまほう》である。

しかし、問題なのはそのサイズ。

直径30mを超える巨大《きょだい》な火球が生み出されたのである。

(射出速度も速い!!)

リックは反射的に横に飛び回避する。

そして。

リックの横を通り過ぎた火球は、ゴオオオオオオオオオ!!　と地面を抉って100m先まで森を焼き尽くした。

「はっはっはっ!!」

大笑いするイリブート。

「……無詠唱《えいしょう》でこの威力《いりょく》かよ」

少し冷《ひ》や汗《あせ》をかきながら呟くリック。

(なるほど……これはちょっと厄介《やっかい》だな……)

リックは次の魔法を撃《う》とうと魔力《まりょく》を練っているイリブートを見る。

先ほどの一撃で分かる。この男は物理戦闘よりも魔法の方が得意なのだ。

「……こいつは、俺と相性《あいしょう》最悪の『魔法使《まほうつか》い型』の戦闘スタイルだ」

□□

「ふあ～、色気のあるネーチャンと飲みに行ったりできないのは退屈《たいくつ》やねえ」

ミゼット・エルドワーフは岩場に腰《こし》をかけて、武器を整備していた。

今いじっているのは、片手で持つことのできる銃《じゅう》である。

しかし、普通の火薬と弾を毎回込めて打たなくてはならないものと違い、少し魔力を込めて引き金さえ引けば容易《たやす》く銃弾《じゅうだん》を打ち出すことができる。

威力も命中性も使い勝手の良さも、現在出回っているものとは次元が違う。

秘密は銃そのものは当然として込める弾丸《だんがん》にあるのだが……まあ、説明してもこの時代ですぐに理解できるのはブロストンくらいのものだろう。

手際《てぎわ》よく部品を拭《ふ》いて油を差し、組み立て直すとミゼットは銃を手に持って眺《なが》める。

「……さてと」

そしておもむろに自分の右側の林に向かって引き金を引いた。

パン!!

という音と共に高速で発射された弾丸が林の中に吸《す》い込まれていく。

ほとんど同時に中から何かが飛び出してきた。

正体は人。

特等騎士装束を着た少年……いやギリギリ青年と言ってもいいか、そのくらいの年齢《ねんれい》の男だった。

「さっきから、ジロジロこっち見とったやろ。用事があるなら聞いたるで」

「……なるほどな、さすがは『超越者《ちょうえつしゃ》』。倒しがいの全くない雑魚《ざこ》ではないらしい」

青年は手に持っている水晶石《すいしょう》をミゼットに向ける。

すると水晶石が青く光った。

「当たりだな……倒すなら強い方をと思って選んだだけだが運がいい」

青年は腰に下げている平均よりもやや大ぶりの剣を引き抜《ぬ》きながら言う。

「特等騎士第四席、グレイ・パーシヴァル・カートライトだ。お前の持ってる『六宝玉』をもらおう。ついでに『超越者』を倒したとなれば俺も『グランドリスト』にランクインできそうだ」

□□

「ふふふ〜ん」

アリスレートはいつも通りの調子で、森の中を歩きながらリーネットに作ってもらった弁当のサンドイッチを食べていた。

ちなみに背中に背負っている大荷物は、ほとんどが食料である。

正直質量だけ見ても量がアリスレート本人の質量を超えている。

いったいこの小さな体のどこに入るというのか不思議で仕方ない。

「うーん。モンスターとすれ違ったら焼いて食べてみようと思ったんだけど、全然出会わないなあ」

アリスレートはそんなことを呟《つぶや》く。

がそれは当然のことだった。

『ジパング』に生息するモンスターたちの現在位置を仮に空から見た場合、アリスレートを中心とした半径１００ｍだけまるでドーナツの中心のようにすっぽりと空いているのである。

原因はアリスレートの持つ膨大《ぼうだい》な魔力。

超強《ちょうきょう》力《りょく》モンスターの跋扈《ばっこ》するジパングに生息するモンスターたちですら、前代未聞《ぜんだいみもん》の高密度魔力《まりょく》生物に一目散に逃《に》げ出していた。

そんなわけで、本来なら数分に一回は強力モンスターにエンカウントしてまともに進むのも一苦労の区間を歩きながら、何も起きなくて若干退屈《じゃっかんたいくつ》しているアリスレートの前に。

「おー。これはこれは、実際に見ると非常に可愛《かわい》らしい少女ですね」

集団を引き連れた大柄な男が現れる。

「私にも娘《むすめ》が三十人ほどいますが、やはり小さな子供というのは心が優しくなれるものです」

「おじさん誰?」

アリスレートが可愛らしく小首を傾《かし》げる。

「ああ、これは失礼しました」

そういって胡散臭《うさんくさ》いくらいのニコニコ笑顔で頭を下げる。

「『ブラックカース』、アビスナンバー4、ニツーヌ・アルモンテと申します」

ニツーヌの手には『六宝玉』の魔力を感知する水晶石が握《にぎ》られていた。

「アナタの持っている『六宝玉』をお渡《わた》しいただきたいお嬢さん」

二回りどころではない年下の少女にも丁寧《ていねい》な口調でそう言ってくるニツーヌ。

「んー、ヤダ!!」

一方アリスレートも元気いっぱいに無邪気《むじゃき》にそう言った。

「まあまあ、そう言わずに。ワタシは神に仕える者として未来ある少女に乱暴なことはしたくないのです。後ろに控《ひか》えている我《わ》が信徒たちも気持ちは同じ」

ニツーヌがそう言うと、三百人近い信徒たちは一斉《いっせい》に頷《うなず》く。

若干以上に胡散臭い笑《え》みのニツーヌを除けば、信徒たちは皆《みな》本当に人の良さそうな表情をしていた。

本当に乱暴なことをしたくはないのだろう。

しかし。

「それでもダメだよ」

首から下げて上着の中に隠《かく》していた宝石を出しながらアリスレートは言う。

「だってこの宝石は、パーティの皆んなと頑張って集めた物で、皆んながアリスのために願いを叶えてくれるのに必要なものなんだから」

表情は普段《ふだん》の通り無邪気なものだった。しかし、その瞳《ひとみ》と口調からはいつもとは少し違う真剣《しんけん》なものを感じさせる。

「……おお」

それを見てニツーヌは急に膝《ひざ》をついて顔を覆《おお》って、嗚咽《おえつ》し始める。

「なんという悲劇なのか……少女の決意は固い……だから我々は今からこの無垢《むく》な少女を手にかけなければなりません……」

そんなニツーヌの姿を見て信徒たちの「……なんということだ」「神は我々に残酷《ざんこく》な試練を課してくる……」「お許しください……お許しください……」と啜《すす》り泣く声が聞こえてくる。

それに対し。

「……ねえ、大きなおじさん。なんでさっきから嘘《うそ》ばっかりなの？」

アリスレートは無邪気にそんなことを聞いた。

「……」

一瞬《いっしゅん》真顔になり沈黙《ちんもく》するニツーヌ。

「言ってることも、やってることも全部嘘ばっかり。後ろの人たちは本当にそう思ってるみたいだけどね。そういう遊び？」

アリスレートの言葉にざわつく信者たち。「……何を言っているんだ？　この少女は」「教祖様が嘘を言うわけがない」「いやしかし、何も言い返せずにいるぞ……」と一瞬動揺《どうよう》が広がる。

しかし。

「おお……おお!!」

ニツーヌは次は地面に蹲《うずくま》ってさらに大きく嗚咽の声を上げる。

「……なんということだ。この少女は悪魔《あくま》に取り憑《つ》かれている。それによってワタシが人々に分け与える祝福を認識《にんしき》することができないのです」

「……？」

またよくわからないことを言っていると、首を傾げるアリスレート。

「このままでは、この少女は死後地獄《じごく》に行くことになるだろう。だから我々聖なる祝福を受けた者の手で悪魔ごと肉体を葬《ほうむ》り去る必要があります」

信者たちはその言葉を聞いて「そうだったのか!!」「これは責任重大だぞ皆んな、気合いを入れろ!!」「少女の魂《たましい》に祝福あれ!!」などと言って、瞳に信仰《しんこう》と決意を滾《たぎ》らせながら、持っている武器を構える。

「さあ、皆さん少女を救いますよ」

「「「我らに神の祝福を!!」」」

ニツーヌの号令と共に、信者たちがアリスレートに切りかかった。

□□

これまでリックは格上の相手に、互角かそれ以上の戦いを繰《く》り広げてきた。

ブロストンの時も、最終的にはブロストンが一番得意とする回復魔法を使用しなかったが、殴り合いで競《せ》り勝った。

赤蜻蛉に対しては、真っ向勝負で勝利することができた。

……だが、これらには一つ理由がある。

相手が『近接戦闘《せんとう》型』だったということ、である。

魔力量が絶望的に少ないリック自身は、当然戦闘スタイルは『超近接戦闘特化型《ちようきんせつせんとう》』になるわけである。

よって『近接戦闘型』と相性がいい、なぜなら相手の得意分野で有利が取りやすいからである。

（実力が上の高度な戦いになってくるほど『相性』ってのは重要になってくるからな……）

そして、その点から見れば目の前の相手は相性最悪であった。

「ははははは!!　迸《ほとばし》れ荒《あら》ぶる電光!!　第一界級魔法『エレクトロニック・ショット』!!」

イリブートの右の人差し指から電撃《でんげき》が放たれる。

本来はちょっとした雷撃《らいげき》を飛ばすだけの、低燃費基礎魔法《きそまほう》なわけだが。

バチイイイイイイイイ!!

と十分すぎる威力を持って、電撃の柱がリックに襲いかかる。

「ちっ!!」

リックはジャンプして雷撃を躱《かわ》す。

「はあ!!」

ジャンプしたところに、イリブートはさらに雷撃を打ってくる。

「当然のように、一詠唱連続発動かよ!!」

それなりの高等技術で、実はリックは苦手でできない技術だったりするのだが、イリブートは一発目と全く威力の変わらない雷撃を撃ってくる。

「ちっ!!」

リックは襲いかかってくる電撃に対して手をかざす。

パシュン!!

と音を立てて雷撃が消滅《しょうめつ》した。

魔力相殺《まりょくそうさい》……相手の魔力に対し逆の性質の魔力をぶつけ相殺《そうさい》する技術である。

魔法を少しでも齧《かじ》ったものなら誰《だれ》でも知っている技術だし、誰でもできる技術である。

……しかし、それはあくまで単純な構造の魔力だったり、ゆっくりと時間をかけて魔力の質を分析《ぶんせき》できる場合の話である。

魔力相殺の精度は、どれだけ相手の魔力の構造を正確に分析し、そしてどれだけ精密にそれに対して逆の魔力を生成するかにかかっている。

よって、敵がこちらに向けて撃ってきた攻撃《こうげき》に対して瞬時《しゅんじ》に行うなど、高速で飛んでくる難問の筆記試験の用紙に空中で一瞬で答えを書くような……そんな馬鹿げた曲芸じみた芸当なのだ。

「しかも、そのカスみたいに少ない魔力で、このイリブート様の魔法に対してやってのけるとは!!　この神から直々に賞賛を送ってやろう!!　五体投地して感涙《かんるい》するがいい!!」

「誰がするか!!」

「尋常《じんじょう》でない技術だ。いったいどんなイカれた訓練をして身につけたんだ？」

そう言われてリックは、アリスレートの魔法に毎日のように殺されてきた日々を思い出す。

「……まあ、なんだ、だいぶイカれた訓練だったな」

急に白目を剥《む》くリック。

「はははは!!　どうやら相当苦労してきたようだな!!」

なんとなく事情を察してそんなことを言うイリブート。

「だが!!　厄介な技術なのは確かだがそう何度も使うことはできない……そうだろ？」

リックの眉《まゆ》がピクリと動いた。

「第五界級魔法!!　フレイムウェーブ!!」

イリブートの放つ、炎の波を生み出す界級魔法。

『超越者』の放つそれは、もはや炎ではなくマグマの濁流《だくりゅう》と言ってもいいほどの密度を誇《ほこ》る熱の塊《かたまり》の奔流《ほんりゅう》である。

リックはそれをジャンプして躱す。

「おやおや？　今は魔力相殺を使って正面突破《とっぱ》したほうが、俺の隙《すき》をつけたと思うがなあ？　不思議だなあ？」

ワザとらしく、首を傾げて見せるイリブート。

「分かって言ってるだろ、お前」

「ははは、その少量の魔力で強力な身体強化を自分に施《ほどこ》し、俺の魔法ですら相殺する……お前の魔力の『干渉力《かんしょう》』は桁違《けたちが》いだな」

干渉力は1の魔力でどれだけの現象を起こすことができるか……要は練り上げる魔力の質ということである。

どれだけ早く鍛《きた》え出すか、加えて先天的要因がかなり大きい魔力量の数値だが、こちらに関しては鍛錬《たんれん》により上昇《じょうしょう》させることが可能である。

「たぶん、そのイカれた訓練とやらで鍛えまくったんだろうが……そもそもの魔力量自体は少ないままだ……だからどの魔法も連発はできない。身体強化以外のあらゆる魔法技術は魔力の質に拘わらず使用する魔力量は固定だからな、そうだろ？」

ニヤリと笑うイリブート。

「……ちっ、冷静に分析しやがって、ただの馬鹿だったらいくらか楽だったのに」

リックは小さく舌打ちする。

イリブートの言う通りであり、それこそがリックが『魔法使い型』……つまり『遠距離《えんきょり》攻撃型《こうげきがた》』の相手と相性が悪い理由であった。

あらゆる魔法は質はともかく使うのに必要な魔力の量は固定である。

例えばだが、リックの得意技《とくい》である『エアショット』と『エアクッション』だが、使用魔力は単純に数値化するとだいたい5くらいとなる。

リックの魔力量は50くらい（体調による上下があるので固定ではないが）なので、大体合計で一日に十回使えば魔力欠乏状態《まりょくけつぼう》になるわけだ。

ここに関しては干渉力をいくら鍛えたところで変わらない。

そもそもの魔力量によって何回使えるかは決まるのである。

ちなみに50という数値は歳をとってからとはいえ鍛えたのに、魔力を鍛えていない一般人《いっぱんじん》から見ても少ない部類である。

例えばだが、事務員時代の同僚《どうりょう》のアリサとかは100くらいは魔力量があった。

もちろん一般人のアリサはある程度命の危険が伴《ともな》う魔力量の鍛錬を行っていない。

当然アリサでこれなのだから、一流の冒険者《ぼうけんしゃ》や騎士《きし》、危険度の高い犯罪者などは正しく桁《けた》がいくつも違う。

まあ……つまり、何が言えるかと言うと。

（俺は遠距離魔法《えんきょりまほう》に対しては、対抗《たいこう》方法が少ないし使える回数も少ないってことだな!!）

「第三界級魔法『フレイムイリミネート』!!」

イリブートが炎の球を放ってくる。

当然そのサイズは巨大で、常人が受ければ一撃で体が消し炭になるレベルである。

「おら!!」

リックはイリブートが再び放ってきた炎に向けて拳《こぶし》を放ち、風圧で吹き飛ばした。

これに関しては魔法ではなく、身体強化を施したただの打撃《だげき》である。

ちなみに身体強化はありがたいことに干渉力の上昇によって「持続時間が伸《の》びる」性質があり、リックは1の魔力で一日中でも身体強化をほどこせるわけである。

まあ、とはいえ。

「おらおらおらあああああああああ!!」

イリブートが一詠唱連続発動で大量の火球を放ってくる。

「くっ!!」

リックは今度は拳で迎撃《げいげき》せずに攻撃を躱した。

「はははははは!!　当たり前の話だがいちいち打撃で無理やり魔《ま》法吹《ほうふ》っ飛ばすの効率悪いよなあ!!」

「……その通りだな」

魔法というのは当然、魔法で迎撃するのが効率的である。

前に戦ったエルフォニアの『マジックフォース』たちくらいであれば、圧倒的な基礎能《きそ》力差でゴリ押《お》しが可能である。

だがイリブートのような『超越者』レベルともなれば、そういう誤魔化《ごまか》しが利きにくい。

「高レベルになればなるほど、相性差はそのまま戦闘の有利不利に直結する……」

「はははははは!!　その通りだ!!」

イリブートは笑いながらも、まだまだ火球を放ち続けた。

□□

「ふーん、グレイくんね」

ミゼットは急に現れた若者を観察しながら言う。

「まあ、とにかくこっちも自己紹介《しょうかい》しよか。ワイは」

「いらねえよ。俺はいちいち食べる飯の名前を気にしないタイプでな……早速《さっそく》だが食わせてもらうぜ」

特等騎士第四席のグレイ・パーシヴァル・カートライトと名乗ったその少年は、腰に横向きにくくりつけた剣を抜く。

「ふーん。珍《めずら》しいタイプの剣使うんやな」

ミゼットはそれを見て呟く。

ミゼットの言う通り少し変わった形状の剣であった。

柄《つか》から刀身に至るまで、全体的にかなり細い。

一等騎士や特等騎士に選ばれるほどの実力者であれば、普通はもっと重くて頑丈《がんじょう》な剣を持つはずである。

十分に扱《あつか》えるだけの腕力《わんりょく》や技術があるからだ。

確かに軽くて取り回しはしやすそうだが、よほどいい鉄を使ってもそれこそ、特等騎士の腕力で振《ふ》ったら簡単に折れてしまいそうである。

(まあ、特等騎士の第四席っていうくらいやから、何か考えがあってそうしてるんやろうけどねえ)

ミゼットはそんなことを考える。

「つまらないから簡単には死んでくれるなよ?」

「まあ、ワイの方は死なないように気をつけたるで」

ミゼットは持っていた独特の形状の火筒《ほづつ》……ミゼットはサブマシンガンと名付けたものを構える。

「ムカつく野郎《やろう》だな……そのニヤケ面歪《ゆが》ませてやるぞ」

「おう、やってみぃ。それができたやつは人生で五人しかおらんけどな」

ミゼットはマシンガンの引き金を躊躇《ちゅうちょ》なく引いた。

先制攻撃である。

ブロストンあたりはあえて相手に先に攻撃させることが多い。

敵の実力をしっかりと見極《みきわ》めたいという考え……だけでなく、目の前の相手の実力を見て知的好奇心《こうきしん》を満たしたいという欲があるからだ。

しかし、ミゼットにはあまりそういうのは無い。

倒せるならさっさと倒してしまった方が楽でいい。

そんな効率的な考え方をしているのである。

ミゼット特製の銃は、搭載《とうさい》された弾薬《だんやく》を次々に装填《そうてん》しながら撃ち出す機構により、毎分千発近い連射を可能にした代物《しろもの》である。

ミゼット製以外の銃が、熟練者でも一分間に二発も撃てればいいと考えると、いかにミゼットの銃の性能が桁違いか分かるというものだ。

おまけに弾頭《だんとう》の発射速度も初速で秒速２８０ｍと、圧倒的《あっとうてき》に速い。

もはや普通に考えて人間が躱すことのできる速度を超《こ》えている……。

が。

「『瞬脚《しゅんきゃく》』」

グレイが地面を蹴《け》った。

ドン!! と地面が深く抉れるほどの力強い踏み込みと共に、一瞬でその場から移動しミゼットの背後に回る。

「!?」

一瞬《いっしゅん》驚《おどろ》いたミゼットだったが、すぐさま背後を振り返る。

しかし、振り向いた時には移動によって抉れた地面だけがあり、グレイはその場にいなかった。

「どこを見ている?」

いつの間にかすぐそばまで出現してたグレイが、耳元でそんなことを言ってきた。

「よっと」

ミゼットはすぐに反応して、グレイに向けて銃を発射する。

だが、その銃弾が飛び出す前にはやはりグレイはその場におらず、２０m以上離《はな》れた木に寄りかかっていた。

「ふあ～、あくびがでちまうな」

グレイは挑発《ちょうはつ》するようにそんなことを言う。

「なるほど、スピードには自信があるみたいやね」

ミゼットはあくまでニヤニヤしつつも、先ほどよりもどこか真剣な声音《こわね》でそう言った。

四大基礎のうち、体力と身体操作の方は（あくまでSランク以上の基準で）高いわけではないミゼットだが、単純な反応速度や相手の動きを見切る能力はブロストンに近いレベルを持っている。

そのミゼットが予測していなかったとはいえ、完全に目で追い損《そこ》ねたのである。

「ああ、その鉄の塊から弾《たま》が出るのが遅《おそ》く感じるくらいには俺は速いぞ。一応俺の『瞬脚』は騎士団《きしだん》最速だからな」

絶対の自信を滾らせてそんなことを言うグレイ。

「じゃあまあ、俺の栄光の礎《いしずえ》になりな」

グレイが再び地面を蹴った。

□□

「では、行きなさい。正しき行いを」

巨漢《きょかん》の司祭、ニツーヌがそういうと。

三百人を超える信徒たちが一斉にアリスレートに向かって襲いかかる。

全員の手には『呪成鉄』。

三百を超えるそれを用意しているということは、少なくとも三百人以上を『呪成鉄』の原材料として苦しめて殺したということである。

この時点で相当に邪悪《じゃあく》な存在として、顔の一つも普通の人間なら顰《しか》めるところだが……。

「ドーン‼」

アリスレートは特にそういう様子もなく、いつも通り襲いかかってきた信徒たちに人差し指を向ける。

次の瞬間《しゅんかん》。

ゴオオオオオ‼

と、稲妻《いなずま》を含《ふく》んだ竜巻《たつまき》がアリスレートの前に発生し、襲いかかってきた信者たちをまとめて吹き飛ばす。

「ぐお⁉」

信徒たちは軽々と吹き飛ばされそうになるが……。

「大丈夫《だいじょうぶ》です。あなたたちにはこの預言者ニツーヌがついていますよ」

そう言ってニツーヌが右手をかざす。

するとそこに目のついた赤い三角形が浮《う》かび上がる。

と、同時にアリスレートの竜巻に吹き飛ばされそうになっていた信者たちの魔力が、急に上昇した。

「おお!! 預言者様の奇跡《きせき》!! ありがたや!! ありがたや!!」

信者たちは強化された魔力で身体強化と魔力防御《まりょくぼうぎょ》を行い、暴風の中を突《つ》き進《すす》んでいく。

「!?」

少し驚《おどろ》いた顔をするアリスレート。

そして何人かの信者はなんと、暴風を抜けてアリスレートに襲いかかってきた。

「よっと」

しかし、アリスレートは地面を軽く蹴ると、風魔《かぜま》法《ほう》を応用した移動方法でその場から飛んで離脱《りだつ》する。

アリスレートが先ほどまでいた場所に、襲いかかる十以上の『呪成鉄』による攻撃。

ドン!! と地面を深々と抉《えぐ》った。

相手が少なくとも見た目は少女であっても、全く加減をする気がないのは明らかであった。

「ほう……やはり『超越者』の最上位勢。ただ強力な魔法《まほう》を放つわけではなく、繊細《せんさい》な移動もお手のものというわけですか」

感心したようにそう言ってくるニツーヌ。

「おじさんの『固有スキル』も強いねー。三百人全員デメリット無し強化なんて、ライくん聞いたら羨《うらや》ましくて泣いちゃいそう」

「はて？　なんのことやら。これは私が神から授《さず》かった祝福の力で人間族にランダムで発生する『固有スキル』とは違《ちが》うんですよお嬢《じょう》さん」

ニツーヌがそう言うと、信者たちが「そうだそうだ!!　一緒《いっしょ》にしてはいけない」と追従する。

「おじさんほんとに嘘ばっかりだねー」

アリスレートは「変な人だな～」という感じでそんなことを呟いた。

「でも、おじさんが倒れれば他の皆も戦わなくなりそうだし」

アリスレートはニツーヌに人差し指を向ける。

「どーん」

アリスレートがそう言った次の瞬間。

ゴオッ!!

と、空気を伝う不可視の衝撃波《しょうげきは》がニツーヌに襲《おそ》いかかった。

「ごお⁉」

くの字に体を折り曲げて吹《ふ》っ飛んで行くニツーヌ。

ドオオオオオン‼

と背後にある岩盤《がんばん》に激突《げきとつ》しめり込んだ。

「よし、おーわり。みんなもあんまり人の言うこと信じすぎちゃダメだよ」

アリスレートはそんなことを信者たちに言い残して、その場を歩いて去ろうとした。

……しかし。

「ふう～。いやいや、お嬢さん。さすがは『超越者』ですね」

むくりとニツーヌは起き上がってきた。

しかも、明らかにダメージを受けてない。

これにはアリスレートもさすがに不審《ふしん》がった。

おかしい……間違《まちが》いなく目の前の相手の意識を一撃《いちげき》でシャットダウンする程度の威力は出していたはずだ。

「ははは、なぜワタシが無傷なのか不思議なようですね。なに当然の話です」

一瞬、ニヤリと小さく笑うニツーヌ。

次の瞬間。

「ぐあっ!!」

「ごはっ!!」

数人の信徒が急に流血して倒《たお》れた。

アリスレートはそれを見て呟く。

「……おじさん、これ」

「そうです。これぞ素晴《すば》らしき信仰なのです」

□□

「ははははははっはははははははは!!」

イリブートは笑いながら火の玉を撃つ。

撃って撃って撃ちまくる。

(こいつ……マジで一回の詠唱《えいしょう》で何回撃ってきやがるんだ!?)

リックは半ば呆《あき》れつつも、雨霰《あめあられ》と襲いかかってくる火球を避《よ》けていた。

なんとイリブートは先ほど最初に『フレイムイリミネート』を撃ってから、十数分以上一度も詠唱を唱え直していない。

一詠唱連続発動はそれなりに高度な技術である。そもそも詠唱のいらないアリスレートは別として、この分野に関してはリックが出会った中でも最高の魔力操作力と魔力量の持ち主と言ってよかった。

(ちっ、詠唱し直すタイミングがあれば反撃《はんげき》もしやすいんだが)

それこそがリックのような『超近接戦闘特化型』が『魔術師型《まじゅつし》』と戦う時の基本なのだが、この様子だと何百発でも撃てそうである。

「しかし、お前もついてないな!!　そして俺《おれ》はついている!!」

イリブートは最初と変わらぬテンションの高さでそんなことを言ってくる。

「実力的には少しお前の方が上だろう!!　だがお前には相性の悪い相手が現れ、俺には相性のいい相手が現れた!!　この俺にとっての都合の良さ!!　やはり俺は神だな!!」

「さっきから、自分のこと神だ神だとか言ってるけど、本気で言ってるのかそれは?」

リックが大木を垂直に駆《か》け上がって、火球を躱しながらそんなことを尋《たず》ねる。

「ははは!!　無論!!　もちろん!!　当然!!　必然!!」

即答《そくとう》するイリブート。

「ではお望み通り語ってやろう。なぜ俺が神であることを確信したのか!!　その神話《サーガ》を!!」

「……いや、別に興味はないが」

「あれは……俺が五歳《さい》の頃《ころ》だった……」

「勝手に始めた⁉」

■■

イリブート・レイシュラムが生まれたのは、地図上で『王国』の下の方にある小国であった。

元は大きな国であったが一部が『王国』に参加し、残ったのは強くその国の伝統を重んじた地域だけであった。

その性質ゆえに、国教として定めているシルーヴァ教への信仰心《しんこうしん》は厚く、国民たちは教えを厳格に守って暮らしていた。

さて、そんな中。

当時五歳だったイリブートは出来心で、皆が毎日拝んでいる霊棺《れいかん》……シルーヴァ教における神の分身が入っているとされる箱の中身を開けてみたのである。

両親や司祭から決して開けないようにと言われていたそれを開けた中に入っていたのは、

どうみてもただのちょっと光っているだけの魔石《ませき》だった。

「なんだ？　本当にこれが神様なのか？」

そう思って、イリブートはこっそり中身をその辺の石コロと入れ替《か》えてしまい、魔石は川に捨ててしまったのである。

やってからしばらくは、やってやったぜ、といい気分だったが次第《しだい》に怖《こわ》くなってきた。

（やばい……もしかしたら、バチがあたるんじゃないか？）

なにせ、周囲の人々は毎日毎日真剣に祈《いの》りを捧《ささ》げているし、両親や司祭も神に不敬なことをすると罰《ばち》が当たる、地獄に落ちるなどとしつこいくらいに言ってくるからである。

だが……。

数日経《た》っても。

数週間経っても。

数ヶ月経っても。

全く、イリブートにはそれらしい不幸など訪《おとず》れることはなかった。

それどころか『固有スキル』の因子が発見されたり、自分の戦闘の才が圧倒的に飛び抜《ぬ》けていることを発見できたりと、いいことがあったのだ。

なぜだろう……？

とイリブートは考えた。

教師や親のいう通りなら、神様から罰が当たらなければ説明がつかないはずなのだ。

というか、皆んな神様のはずの魔石をそっちのけで気づかずにイリブートがすり替えたその辺の石ころを拝んでいるのだから、皆んなにも罰が当たって然《しか》るべきだろう。

そしてイリブートはある結論に至る。


「……もしかして、俺が神なんじゃないか?」


それならば、全て説明がつくではないか。

自分が神なのだから、自分に神罰《しんばつ》など下るはずもない。

「そうか、俺は神だったのか……」

今まで宗教の話を聞くたびに、心の中にかかっていたモヤのようなものが消え、晴天の空が心に広がる気分だった。

そしてイリブートは自分が神であるという仮説を証明するための行動を開始する。

その方法とはあまりにも単純で自分が神であるはずなら、どんなに罪深いことをしても罰が当たらないはずだという単純すぎるものであった。

なので、さっそくシルーヴァ教で神聖とされている豚《ぶた》を惨殺《ざんさつ》してみた。

……全く天罰《てんばつ》は下らない。

シルーヴァ教では神のためと自分の身を守るため以外の殺人はもっとタブーなので、その辺に歩いていた人を殺してみた。

……全く天罰は下らない。

両親を殺すことはもっと罪深いので殺してみた。

……やはり天罰は下らない。

それどころか、基礎的《きそてき》な身体能力や魔力《まりょく》的資質が戦闘に向いているだけでなく、相手を殺すときに全く躊躇がなく冷静でいられるという、精神面での才能まで発見することができた。

「……うむ!!　では仕上げだな!!」

そしてイリブートは国中のシルーヴァ教の宗教施設《しせつ》を破壊《はかい》し、司祭たちを皆殺《みなごろ》しにした。

……それでも、一切《いっさい》天罰は下らない。

まあ、ちょっと国中の僧兵《そうへい》や軍隊から総攻撃《そうこうげき》を受けたが、この時すでに完全にSランク最上位級の実力に至っていたイリブートからすれば大したことではなかったので、ついでに皆殺しにしてみた。

「はっはっはっ!!　やはり俺は神であったな!!　よって!!　この神によって葬られるとは運がいいぞお前ら!!」

ついさっき自らが瓦礫《がれき》と死体の山に変えたモノたちの上で、高々と笑うイリブート。

その後もイリブートは世界中を回り、宗教施設を破壊しその関係者を惨殺しまくった。

大陸正教は今や大陸全土で信仰されている宗教だが、それはこのイリブートが宗教施設を襲撃《しゅうげき》し続けた結果、財力や人員が豊富にある巨大《きょだい》宗教以外が消滅したからである。

それでも、イリブートに天罰など一切《いっさい》当たらない。

そして、世界最大の犯罪組織の№2。世界で二番目の大犯罪者となったイリブート・レイシュラムは、今日も今日とて笑いながら自らの『神の証明』を続けるのだった。

■■

「……というのが、この世界の正しい神話というわけだ!!」

イリブートはすでに一詠唱百連発目となる火球を放ちながら言う。

意気揚々《いきようよう》と自らのやってきたことを語るその姿には後悔《こうかい》とかそういうものは一切感じられなかった。

「……とてつもなく迷惑《めいわく》なやつだな」

リックは特に表情を変えることなくそう呟《つぶや》いた。

「お前のイントネーションは『王国』の人間だな？　ということは大陸正教を信じてると思うが、真なる神話を知ったからには改宗してもいいんだぞ？」

「しないわ!!　ってか俺そんなに熱心な信者じゃないしな」

（……まあ、それはそれとして）

どんなに頭のイカれたやつだとしても、それと実力は別問題だ。

未《いま》だに尽《つ》きない一詠唱連続発動の火球。

しかも、一発一発がしっかりと直撃《ちょくげき》すればダメージになるような威力《いりょく》。

この男は小さな国ならその軍隊ごとこの第三界級魔法の連続発動で壊滅《かいめつ》できてしまうだろう。さすがにアリスレートには及《およ》ばないが「魔法攻撃《まほうこうげき》の怪物《かいぶつ》」である。

まさに文句なしの『超越者《ちょうえつしゃ》』。

「……はあ、しかたないか」

リックはそうため息をついた。

「はははははははは!!　何がしかたないのだ？」

イリブートは通算二百六十発目になる火球を放ちながらそんなことを聞いてくる。

リックも変わらず走りまわって火球を躲しながら答える。

「……いや、できればアイツと戦う予行演習として新しい技術を使わないで倒したかったんだよ。それにまだ体力使うからな」

「なに？」

「まあ、ダメージ食《く》らったら本末転倒《ほんまつてんとう》だしな……うん、仕方ない」

リックは一人ブツブツ呟くと。


「じゃあ使うか……『空蝉《ネイジエン》』」


次の瞬間、リックは音もなく加速。

イリブートの視界から消え去った。

「なっ⁉」

目を見開くイリブート。

「よう、自称《じしょう》神」

いつの間にか、イリブートのすぐ右に移動していたリックが、蹴りを放つ。

イリブートは脅威《きょうい》の反応で剣《けん》の側面でその一撃を防御《ぼうぎょ》するが。

「ぐおっ!!」

そのガードごと吹っ飛ばされた。

「遠距離《えんきょり》戦闘《せんとう》型が近づけさせることなく攻撃し続けられるから、超近接《ちょうきんせつ》戦闘《せんとう》型に対して有利……なら、一度近づいてしまえば全く逆のことが言えるのは必然だよな？」

「ぐっ!!　第五界級魔法『ショックサイクロン』!!」

イリブートは火球よりも威力の高い、衝撃波を伴った暴風を生み出す界級魔法を放ってくる。

リックは再び音もなくその場から移動。

いつの間にか３０ｍほど離れた木の枝の上に移動していた。

「く、そこか!!」

再びの一詠唱連続発動。

まだ使いやすい部類の第三界級ならまだしも、上級魔法に分類される第五界級でも当たり前のように連続発動してくる。

その威力も、発動までの魔力操作の洗練度合いも見事なものだったが。

リックは再び無音でその場から姿を消し。

「厄介《やっかい》だろ？　速度以前に初動が恐《おそ》ろしく読み辛《づら》いよな。気持ちはよくわかるぜ」

イリブートの背後をとっていた。

ドン!!　と今度はガードが間に合わずリックの拳がイリブートに突き刺《さ》さった。

□□

特等騎士第四席、グレイ・パーシヴァル・カートライトは、現在十九歳。

十七歳で特等騎士に任命という最年少記録を持っている若き天才騎士である。

もっとも、その記録は天才とかそういう領域を超えている今の第一席によって、五年以上更新《こうしん》されてしまうことになるのだが……まあ、あんなモノのことを考えても仕方ない。

一席はあの自然災害みたいな理不尽《りふじん》に譲《ゆず》るとしても、少なくとも四席で満足するような男ではなかった。

……俺は必ず二十歳《はたち》になるまでに『超越者』と第二席になってやる。

グレイは本人の赤い長髪《ちょうはつ》のような、燃《も》え盛《さか》る野心を滾《たぎ》らせていた。

だからこそ、今回の戦いはグレイにとって非常に有難《ありがた》かった。

相手は『超越者』で、功績を挙げれば国王からの評価も高いだろう。

十三円卓《えんたく》の席順が上がるのは間違いない。

何よりグレイには自信があった。

特等騎士同士の私闘《しとう》は御法度《ごはっと》だからやったことはないが、戦えば第二席のエルリックでも自分は倒せると思っている。

その自信を支えているのが、自分のスピードに対する圧倒的な自信である。

騎士団最速の『瞬脚』使い。

それも、二位以下と僅差《きんさ》ではなく圧倒的に速い。

最近一等騎士に昇格《しょうかく》したディルムット公爵《こうしゃく》家の長女……あれは、なかなか筋がいいが基礎的な身体能力の資質が上の中程度なのが惜《お》しいところだ。

自分のように最上級クラスの体力的資質があれば、同じ速度に至れる可能性も十分にあるだろうに。

才能とは残酷《ざんこく》なものである。

そして、そんなグレイからすれば、この世のほとんどのものはスローモーションである。

「……だから、お前が引き金引いた瞬間に相手を撃《う》ち殺せる武器を持ってても、関係ないんだよ!!」

「ほんまにすばしっこいな!!」

回り込《こ》んだグレイの方にミゼットが銃口《じゅうこう》を向ける。

……が、グレイはその銃口が動く速度より速く移動し、その場から離れてしまう。

（まあ、それでもさすが『超越者』だけあって、慣れれば俺の動きに少し遅《おく》れて反応するくらいはできてるみたいだがな）

普通《ふつう》のやつなら、視線ですらグレイを全く捉《とら》えることができないが、このハーフエルフは数回見ただけで初動と動いた方向くらいは認識《にんしき》できているようだった。

もっとも分かるのはどうしても力のロスや予備動作がある初動だけのようだが。

「じゃあ、そろそろ刻むぜ？」

グレイはそう言ってミゼットに向けて地面を蹴った。

「『瞬脚・繊《せん》』」

『厘《りん》』さらに上。

桁違いの高速移動によって瞬《まばた》きするよりも早く一瞬《いっしゅん》でミゼットの懐《ふところ》に潜《もぐ》り込む。

さすがの『超越者』であるミゼットも、ギリギリで持っている銃を使って防御することしかできなかった。

しかし。

ギイイイン!!

と鋭《するど》い音と共に、ミゼットの持っていた金属製のゴツい銃が、グレイの細い剣によって見事なまでに両断された。

「なっ!!」

目を見開くミゼット。

ニヤリと笑うグレイ。

「ニヤケ面……一瞬だけど消えたな？」

ミゼットはすぐに麻袋《あさぶくろ》に手を入れて、今度は先ほどと同じコンセプトで作られてはいるが、形の違う銃を取り出す。

グレイに向けて発射。

今度の銃は、一発ずつ弾を撃つタイプではなく一回の発射で沢山《たくさん》の弾頭をばら撒《ま》くタイプのものである。

……しかし。

「はっ!! 当たらねえよ!!」

グレイは散弾《さんだん》の飛んで来る範囲《はんい》から一瞬で離脱してしまう。

ちなみにこの時『瞬脚』を発動していた。

詠唱をしたわけではないのにである……正確には『瞬脚・繊』を利用する前に、『瞬脚』を詠唱して発動していたのである。

そして発動を遅延《ちえん》させることで、『瞬脚・繊』で仕留めきれなかったときの、追撃《ついげき》や離脱のための加速を準備していたわけである。

当然高等技術なのだが、これくらいはやってのけなければ若くして実力一本で特等騎士《きし》などやっていられない。

グレイが距離《きょり》をとったことで再び向かい合う両者。

「……なるほどな」

ミゼットは新しく出した銃を構えつつ、地面に落ちた先ほど切断された銃を見て言う。

「その細い剣は、圧倒的にスピードに特化するためか」

「ご名答だ。重い武器は遠心力や重量でどうしても速度が落ちるからな」

「もちろんその分、少し刃筋を通し損ねれば折れる可能性もあるし、当然相手の攻撃《こうげき》を受け止めたりなんかには使えないし、斬撃《ざんげき》の威力も低くなるが……そこは速度と技量で押し通すわけやな」

「その通り……細身の剣でも正確に刃筋を通して高速で振り抜けば、そこの鉄の塊《かたまり》を切断することくらいはできる。お前の驚いた顔は愉快《ゆかい》だったぞ？」

グレイがそう言うと、ミゼットは「あー」と言って頭を掻《か》いた。

「いや、それはあんまり……身内に裁縫《さいほう》糸で同じことできるやつおるねん」

「……なに？」

「ワイが表情変えたんは、相手の能力の推測がズレてたことに対してやなあ。あんさんワイが思ったよりは強かったわ。瞬時《しゅんじ》に相手の能力を見抜《みぬ》く力は、自分自身の強さと同じくらい肝心《かんじん》やねん。反省反省」

ミゼットは肩《かた》をすくめると。

「まあ、また新しいパターン覚えられたから次に活《い》きるいい経験だったってことにしよか」

そんなことを言った。

「……何を一人で納得《なっとく》してるのか知らないが」

グレイはそんなミゼットの余裕《よゆう》のある態度が気に入らないのか、眉間《みけん》に皺《しわ》を寄せると。

「お前に次はねえよ。ここで俺に仕留められるんだからな」

「おーこわ」

ヘラヘラと笑うミゼットに、さらに怒《いか》りを滾らせるグレイ。

「そういう態度は俺の動き見きれてからしてもらおうか？　『瞬脚』!!」

グレイが地面を蹴る。

次々に高速で移動していき、ミゼットの視界から完全に消える。

一詠唱の連続発動。

速度がやや落ちるし、消費魔力も大きくなるが、グレイはそれでも十分すぎるほどに速い。

「あーまあ、ワイは身体操作や体力が高いわけやないからなあ。普通にそこまで速く動かれると目で追えへんわ。ただ……」

「『瞬脚・繊』!!」

ミゼットの死角からさらに加速を加えて襲いかかるグレイ。

「第五界級魔法『フレイムドーム』」

ミゼットの周囲に炎《ほのお》がドーム状に渦巻《うずま》いた。

「ぐおっ!!」

ミゼットに切りかかっていたグレイが、その炎の勢いに弾《はじ》き返される。

「……くっ!!」

グレイはすぐに体勢を立て直す。

「小賢《こざか》しい!! 今度はその炎ごと切り裂《さ》いて」

「繰《く》り返す二つの数字の元に呪《のろ》い束縛《そくばく》を、第八界級魔法『カリカンジャロス・インフィナイトループ』」

ミゼットはドンと、右足で地面を強く踏《ふ》んだ。

次の瞬間。

地面から何千本もの太い蔓《つる》が一斉《いっせい》に飛び出してきた。

「第八界級魔法の略式詠唱だと⁉」

ミゼットが使ったのは拘束魔法《こうそくまほう》として有名な『フォレストロープ』の超強化版《ちょうきょうかばん》と言っていいものである。

周囲150mの地面から数千本にも及ぶ蔓が、グレイを拘束《こうそく》しようと次々に襲いかかる。

「クソが!!」

もちろんグレイも黙《だま》って拘束されるわけがなく、高速移動で避け、それでも躱《かわ》しきれないものは剣で切り飛ばすのだが。

ほとんど一瞬にして蔓が再生してしまう。

「最高位の第八界級魔法は、生み出した自然のものに特殊《とくしゅ》な性質を与《あた》える。『カリカンジャロス・インフィナイトループ』は、蔓に超速《ちょうそく》再生の性質を付与《ふよ》するで」

もはやそれは時間の問題だったと言えるだろう。

人類が扱《あつか》える最高位の第八界級魔法の中でも、その魔法としてのスペックを拘束に特化した魔法である。

グレイの全身に蔓が絡《から》みつき、完全に動きを封《ふう》じてしまった。

「クソが!! 放しやがれ!!」

本来ならグレイはこんな状況《じょうきょう》に陥《おちい》ることなどない。

なにせ騎士団最速の『瞬脚』使いだ。第八界級魔法は基本的に全文詠唱で発動するものなのだ。

だから詠唱中に攻撃してしまえば、そもそも発動させることすらない。

だからそう……つまるところは、目の前にいる男が規格外だったというだけの話。

「ぶっちゃけ、見切る必要も無いねん」

ニヤケ面の男は、空中で動きを封じられたグレイを見上げながらそんなことを言う。

「ワイはこれでも魔力操作能力が完全計測不能レベルやからな。伊達《だて》に混血のくせにエルフォニア歴代最高の魔法の才能とか言われてウザがられてへんわけや。だから、アリスレートのイカれほどやないけど、雑に魔法使っとけば大体なんとかなるんや……まあ、あんまり好きやないねんけど」

ミゼットは手に持った銃を見つめて言う。

「ほんとはな……こういう道具があれば魔法なんぞクソやって言ってやりたいんやけどね。どうしても、とっさに戦うとなるとな……」

そう言った時だけは、ニヤケ面は完全に消えて憂《うれ》いを持った表情になった。

「クソが!!　ふざけるな!!　俺は特等騎士第四席、最速の男グレイ・パーシヴァル・カートライトだぞ!!　こんな遊ばれるみたいに負けてたまるか!!」

激しくもがくグレイ。

しかし、グレイの攻撃力《こうげきりょく》は加速のついた高速移動が前提のものである。動きを完全に止められた状態から拘束を抜け出すほどの、シンプルな腕力《わんりょく》や魔法出力はないだろう。

……と思っていたら、少しずつだがミシミシと蔓が軋《きし》み始めた。

どうやら、腕力自体もかなりのものらしい。

「ははは……若いのはいいことやねえ」

とはいえ時間はかかるだろう。

ミゼットは銃口をグレイの方に向ける。

「『超越者』第五位、ミゼット・エルドワーフや……気が向いたら覚えとき」

そう言って容赦無《ようしゃな》く引き金を引いた。

□□

ニツーヌは無傷で吹き飛ばされる前にいた場所に悠々《ゆうゆう》と歩いて戻《もど》っていく。

「ワタシの力は力を与えたものたちに、代価として自分のダメージを引き受けてもらうことができるのですよ……彼《かれ》らがワタシの身代わりになろうとする限りはね。おお、素晴らしき信仰《しんこう》に祝福を。アナタたちはきっと最上の世界に行けるでしょう」

ニツーヌは倒れた信者に、立ったまま祈りを捧げる。

「ふーん」

アリスレートはそれを聞いて、信者たちの方を見た。

原理はとりあえず理解はした。しかし。

「いいの？　今からアリスいっぱいこのおじさん『どーん』てするから、君たち死んじゃうよ？」

そう聞いてみる。

しかし信者たちは。

「大丈夫だよお嬢ちゃん。そうなったら我々は死後、最上天国《グレートヘブン》にいけるからね」

「……？」

首を傾《かし》げるアリスレート。

「『報《むく》いの摂理《せつり》』が教えている死後の世界の真実ですよ」

ニツーヌがそう言った。

「お嬢さんは、なぜこの世界がこんなにも辛いのか分かりますか？」

「？」

急に何を言い出すのかとまた不思議そうな顔をするアリスレート。

「それは、現世はどれだけ『頑張《がんば》ったか』どれだけ『良い行いをしたか』を査定するための試験の場にすぎないからです。試験の場なのだから辛くて当然なのです。だからこそ、神は生きているうちの行いを見てくれていらっしゃる」

熱のこもった声で講釈《こうしゃく》を始めるニツーヌ。

「そして、本当の世界である死後の世界は『大地獄《ボトムヘル》』『地獄《ヘル》』『下界《アンダー》』『上界《アッパー》』『天国《ヘブン》』『最上天国《グレートヘブン》』に分かれ、生前の行いで振《ふ》り分けられる。そして数百年そこで過ごしたあと、再び試験会場であるこの世界に生まれ落ちる……それを繰り返し続けているのです」

「……？？」

イマイチ何を言っているのか分からないという様子のアリスレートを置き去りにして、ニツーヌはさらに話を続ける。

「つまり、良い行いをして『上界』や『天国』に行けたとしても、またこの現世に戻って来なければいけないということ……辛いですねえ、苦しいですねえ。ですが、それから逃《のが》れる唯一《ゆいいつ》の方法がある。それが最上階である『最上天国』に行くことです。そこに辿《たど》りついたものは、輪廻《りんね》の輪から解き放たれ永遠の安寧《あんねい》と幸福が約束されるのです」

信者たちは、ニツーヌの言葉をウンウンと頷《うなず》きながら有り難《がた》がって聞いている。中には一応戦闘《せんとう》中なのに武器を置いて膝《ひざ》をついて涙《なみだ》を流して両手を合わせているものもいた。

「ですが、『最上天国』に行くのは容易なことではありません。一部の大聖人や世界的な貢献《こうけん》をしたものだけがそこに行く権利を得る……諸人には難しい話です。しかし」

ニツーヌは両手を広げて言う。

「安心してほしい!! この預言者ニツーヌがいます!! ワタシは大きな功績を残したりするわけではないが、正しい心を持った人間を『最上天国』に連れて行くために、神からこの世界に遣《つか》わされたのです!! ワタシの言うことに従い、ワタシがあなた方に課す試練を乗り越《こ》えなさい。そうすれば神から与えられた権限の下に、あなたたちは『最上天国』に導かれるでしょう!!」

「……？？？」

勝手に盛り上がるニツーヌと信者たちとは対照的に、アリスレートはそのまま首が捩《ね》じ切れてしまうのではないかと心配になるくらい首を捻《ひね》っていた。

本当にこの人は何を言っているんだろうか？

という感じである。

一通り話を終えたニツーヌは、アリスレートの方を指して言う。

「中級神性魔法《まほう》『コーリングベル』」

使用したのは、近くにいる相手との思念会話を可能にする神性魔法であった。

主な用途《ようと》は騒音《そうおん》の激しい空間で会話をする必要があるときと……周囲の人間に聞かれたくない話をする時である。

アリスレートの頭にニツーヌの声が響《ひび》いてくる。

『聞こえていますか？　お嬢《じょう》さん。さっき言ったようにワタシに従えば天国に行けると思っている』

「そうみたいだね。なんで信じちゃうのか分からないけど」

『つまりそれからもう一つ……ワタシの固有スキル『愚者の祝福《ブレスオブフール》』の強化は、ワタシから直接強化を受けた親被強化者は、間接的に強化者を作ることができるのです』

『……それってつまり』

『そう……ここにいる信者達《たち》の後ろには、その家族や知人がワタシの固有スキルの祝福を受けています。間接的な強化は大して力は上がりませんが、ワタシの身代わりになる効果はそのままですよ』

ニツーヌは信者達に怪《あや》しまれないよう、一瞬だけ凄《すさ》まじく邪悪《じゃあく》な表情になった。

『つまり!!　ワタシを倒すにはその前に、こうしてあなたに敵対している信者だけでなく、全く関係のない信者の家族たちも殺さなければならないわけです!!　困りましたねえ……ふふふ、知ってますよお。『オリハルコンフィスト』は『不殺』を信条にしていると。調べさせてもらいました。表沙汰《おもてざた》にはなっていませんが、少し前にあなた方は騎士団《きしだん》学校を襲撃したでしょう？　その時にあれだけの大破壊《だいはかい》を行っていながら、犠牲者《ぎせいしゃ》は黒幕だった学校長ただ一人だった。他の戦闘でもほとんど犠牲者は出していない……なによりの証拠《しょうこ》ですねえ』

そうして一通り、信者には絶対に言えない思念通信を終えると。

「……まあ、だからおとなしく持っている『六宝玉』を渡《わた》しなさない。ワタシも無意味な争いは嫌《きら》いなのでね」

勝ち誇《ほこ》ったようにそんなことを言ってくるニツーヌ。

それに対しアリスレートは……。

「んーそれ、ちょっと違《ちが》うよ」

口元に手を当ててそう言った。

「私たちは『なるべく殺さないようにしよう』って思ってるだけ。絶対じゃないよ。やらなきゃいけない相手はちゃんとそうしてるもん。それくらいの覚悟《かくご》は皆《みな》してるよ。リックんみたいな普通の人もね」

「なんですと……？」

予想していなかった答えにニツーヌは困惑《こんわく》した表情になる。

「ほとんどの戦いで殺さないですんでるのは、私たちがすっごく強かったから誰《だれ》と戦っても加減する余裕があったからだよ」

「……」

「まあでも、今回もそうなりそうかな？」

「……なに？」

ニツーヌは眉《まゆ》を顰《ひそ》めた。

「何を言っているのかなお嬢ちゃん。言っておきますがワタシの祝福は魔法ではないからディスペル系の神性魔法でも解除は不可能ですよ？」

そう言われて首を振るアリスレート。

「ううん。解除するんじゃなくて、解除してもらうんだよ」

「？」

「そこの皆んなにね」

アリスレートが愛くるしい笑顔《えがお》でそう笑った次の瞬間《しゅんかん》。


ゴオォ!!!!!!!!!!!!!!!!!!!!!


と、アリスレートの全身から魔力が放たれた。

やったことはシンプルである。

アリスレートが普段《ふだん》無意識に抑えている、本来なら垂れ流しになるはずの魔力を解放しただけである。

魔力量の多いものは皆していることであり、そうでもなければ周囲にいる一般人達《いっぱんじんたち》が常に体調不良を起こすという困った事態になる。

しかし、アリスレートがそれをやめた時は、体調不良とかそういう次元の話ではない。

ビリビリと大地が揺《ゆ》れ、大気が悲鳴を上げる。

さらに周囲の木々が高速で成長を始めた。

しかも、その成長の途中《とちゅう》でどの植物も変な方向に伸《の》びたり、明らかに本来の樹皮や葉と形が違ったものが次々に溢《あふ》れ出していきグロテスクなオブジェのようになっていく。

「……まさか、魔力を喰《く》らって成長するタイプの植物が急激に成長しすぎて、エラーを起こしているというのですか⁉」

ニツーヌは思わず声を上げてしまう。

そんな怪現象《かいげんしょう》を存在しているだけで起こしている張本人の少女は言う。

「その人たちは、自分たちが苦しいのが怖いから、ずっと苦しまなくていい世界に連れて行ってくれる神様を信じてるんだよね？」

ビギビギと少女の足元の地面にヒビが入り始めた。

「だからきっと、目の前に本当に怖いものを見せれば、怖がりなこの人たちは逃《に》げ出すと思うんだ」

さらに溢れ出す、莫大《ばくだい》すぎる少女の魔力。

やがてニツーヌと信者達の脳裏《のうり》に、あるイメージが浮《う》かび上がる。

宇宙空間に浮かぶ自分たち。そして、その自分たちは長い髪《かみ》の女性の形をした自分たちの住む星と同じサイズの莫大すぎる魔力の塊の掌《てのひら》の上に乗せられているのだ。

「ひっ‼」

信者の一人が声にならない悲鳴を上げる。

古代の人々が太陽に畏怖《いふ》し崇《あが》めたように、あまりの巨大さと一目でわかる絶対的なエネルギーの大きさが、生命体の本能に恐怖《きょうふ》と畏怖を訴《うった》えかける。

そして。

――失《う》せなさい。

魔力の塊が恐るべき密度の魔力の風圧と共に言葉を脳内の奥深《おくふか》くに叩《たた》きつけてくる。

「うあああ!!」

信徒達は一目散に逃げ出した。

「お!! お前達!!」

ニツーヌは普段の穏《おだ》やかそうな言葉遣《ことばづか》いも忘れて、我先にと逃げ出す信者達に向かって叫《さけ》ぶ。

しかし、彼らは止まらない。

根本的に新興宗教に縋《すが》ってしまう、心が強靭《きょうじん》とは言い難《がた》い者たちである。

アリスレートが言ったように、本当の原始的な恐怖の前では信仰など儚《はかな》いものだった。

「これで一人だね。直接強化している人がいないと、それ以外の人に身代わりになってもらうこともできないんだよね?」

「ええい!! クソ!! 使えない道具どもが!!」

ニツーヌはもはや本性《ほんしょう》を隠《かく》さずにそんなことを言う。

「仕方ありません……親強化者だけですが、強制的に『徴収《ちょうしゅう》』することにしましょう」

そう言うと、大きく手を広げるニツーヌ。

すると、逃げ回っていた信者達の全身から魔力が溢れ出した。

その量は一人一人かなりの量で、明らかに分け与えるとか言うレベルでなく全ての魔力を持っていかれているレベルであった。

当然バタバタと倒《たお》れていく信者達。

あんなに一気に魔力《まりょく》を引き抜《ぬ》いたのだ。当然魔力欠乏症《まりょくけつぼうしょう》になるし、下手をすれば後遺症《こういしょう》が残るし最悪死に至る可能性もある。

しかし、そんなことは知ったことかとニツーヌは、信者達から溢れ出した魔力を吸収していく。

服を突《つ》き破《やぶ》り、ビキビキと巨大化《きょだいか》していくニツーヌの肉体。

皮膚《ひふ》の色も黒く変わり、強靭な金属繊維《せんい》の塊のような筋骨隆々《りゅうりゅう》で4mを超《こ》える姿に変《へん》貌《ぼう》した。

「むん!!」

ドン!!

とニツーヌが地面を殴《なぐ》る。

次の瞬間。

地面に大きなクレーターが発生した。

さすがにエルリックの決殺奥義《おうぎ》ほどではないが、それでも脅威のパワーである。

「ふはははは!! 仕方ありませんねえ。奴隷《どれい》どもは集め直しになりますが、直接縊《くび》り殺してあげるとしましょう!!」

地面を蹴《け》ってアリスレートに襲《おそ》いかかる、怪物化したニツーヌ。

その移動速度も速い。

ただの力任せの移動だが、Sランク級の実力者が『瞬脚』を使った時よりも速度が出ている。

数百人を消耗品《しょうもうひん》の如く使って強化したニツーヌの肉体スペックは、間違《まちが》いなくこの瞬間は『超越者』の領域に足を踏み入れている。

……しかし。

しかしである。

今回は、あまりにも相手が悪いと言わざるを得ないだろう。

「どーん!!」

アリスレートが指を向けてそう言った瞬間。

グシャ!!

とニツーヌの全身がひしゃげた音がして、その場から消失し後方１００ｍのところにあった岩に叩きつけられた。

「……ごっ」

そのままベシャリと地面に崩《くず》れ落ちるニツーヌ。

「ふあ～」

アリスレートはことは済んだとばかりにあくびをする。

「……疲《つか》れたから、どこかでお昼寝《ひるね》しようかなあ」

□□

バキィ!!　とイリブートの顔面を打つ音が響いた。

リックの拳《こぶし》が命中した音である。

「ぐっ!!　おっ……!?」

仰《の》け反《ぞ》るイリブート。

「どんどん行くぞ」

リックはその隙《すき》を見逃《みのが》さず、すぐに接近して打撃《だげき》を打ち続ける。

王道、定石、定番。

魔法使《まほうつか》い型の遠距離戦闘タイプのそれが、界級魔法で一方的に距離をとって戦うことなら、近接戦闘特化型の王道は魔法を使う暇《ひま》など与えないほどに、距離を詰《つ》めて攻撃し続けること。

懐に潜り込めばこっちのものである。

尤《もっと》も超近接戦闘特化型は、自分より格下ならまだしも同じクラスの遠距離《えんきょり》タイプ相手に簡単に近づくことはできない。

……本来なら、そうなのだ。

だが、かつての強敵の技術がそれを可能にする。

（……『ミスリルインセクト』が拠点《きょてん》にしていた場所から見つかった、『帝国《ていこく》』の暗殺貴族リャン家秘伝の暗殺技法書。アイツには悪いけど『エクステンションスペース』の中で、じっくり練習させてもらったぜ）

ありがたいことに魔力を使わない純粋《じゅんすい》な体技がいくつかあり、リックも身につけられるものがいくつかあった。

その中でも赤蜻蛉《あかとんぼ》が多用していた『空蝉《ネイジエン》』は、そもそも地面を捉える能力に自信のあった自分との相性《あいしょう》は最高であった。

もちろん、暗殺術の根本となる身体操作の極意《ごくい》も非常に勉強になった。

ブロストンやリーネットから教わったことを、それらの知識によってさらに深めたことで、今のリックは再修業の前と比べて身体操作能力が一段階上がっていると言っていい。

よって、少なくとも少し前までは同格かそれ以上だったはずの『超越者《ちょうえつしゃ》』を……しかも相性が最悪レベルで悪い相手を圧倒《あっとう》しているわけである。

「ぐおあ!!　な……なぜだ!!」

イリブートはリックの攻撃を受けながら目の前の現実が納得できないという感じだった。

(なぜだ!!　なぜ俺《おれ》の固有スキルが発動しない!?)

そう、最も納得がいかないのはそこである。

自分より実力が上の相手がいる……それはもう、自分の組織のトップで慣れている。

しかし、イリブートにはそんな力の差を覆《くつがえ》すことも可能にする能力はあるのだ。

固有スキル『壊れた幸運《エラーズラック》』。

これは自分に対して、怒りや嫌悪《けんお》の感情を持っているものの行動にエラーを起こすものである。

イリブート的には甚《はなは》だ不服だが、自分の傲慢《ごうまん》（とは本人は思っていない）な態度は他人に嫌悪を抱《いだ》かせるらしい。

単純に世界規模の大犯罪者で人を殺しまくっているというのもある。

だから、この能力はほとんど全員に効果を発揮するはずなのだ。

だというのに、目の前の普通そうな男は全くエラーを起こすような様子もなく攻撃を続けてくる。

（ぐっ……どうなってるんだ……⁉）

リックの蹴りで武器が弾き飛ばされる。

武器を失ったイリブートの顎《あご》にリックの肘《ひじ》が直撃《ちょくげき》。

「ぐお‼」

脳を揺さぶられ、流石《さすが》のイリブートも意識が飛びかけ大きくふらつく。

（……いままで、この能力が効かなかったのは、『龍使い《ドラゴンロード》』のやつだった一人……それなのになぜ……？）

リックはその隙を見逃さず大きく拳を振りかぶる。

（……そうか、つまり、コイツも）

振りかぶった拳が空気をまとった。

「第一界級魔法『エアショット』!!」

ズドン!!

と、空気をまとった拳がイリブートに突き刺《さ》さる。

「……ォ!?」

声もなく吹《ふ》っ飛ばされたイリブートは、途中にあった木々を何本もへし折っていった。

そして、数百メートル転がったところでようやく止まる。

その頃《ころ》には完全に白目を剥《む》き、戦闘不能状態だったことは言うまでもない。

第五話　一日目終了《しゅうりょう》

「やはりグレイは敗れたか……」

騎士団の基地である城の会議室で、戦いの様子を見させていた騎士から報告を聞いたラファエル国王はそう呟《つぶや》いた。

国王と同じ長テーブルに座《すわ》る四人に減った特等騎士も皆苦い顔をしている。

「僕《ぼく》も聞いてはいましたけど、『オリハルコンフィスト』って本当に存在するんだなと今ようやく信じられましたよ」

いかにも強者な雰囲気《ふんいき》を醸《かも》し出している他の特等騎士に比べ、どこか自信のなさそうな雰囲気のある第八席のウィル・ペディヴィア・パーネルがそう呟いた。

国王も深く頷き、ため息を吐《つ》きながら言う。

「まったくどういう偶然《ぐうぜん》なのだろうな……特に意図したわけでもなく、『超越者』が五名も集まりしかもそのうち三名が最上位勢ときている」

その時。

「そんなに変でもないと思うけどなあ」

『王国』における大物達の揃《そろ》うこの場にふさわしくない、どこかで聞いたことのあるような声が聞こえてきた。

「強い人じゃ強い人と惹《ひ》かれ合うものだと思うよ」

いつの間にか国王のすぐ近くに、その男は立っていた。

……五人の特等騎士に全く気づかれることなくだ。

「……ミハエルよ、あまり皆を驚《おどろ》かさないでやってくれないか」

ラファエルは冷《ひ》や汗《あせ》を額に流しており、なんなら一番ビクリとしたのだが、あくまで父親としての威厳《いげん》を保つためにそんな言い回しをする。

「ごめんごめん、父さん」

ミハエルは笑いながらそんなことを言う。

「王子……一応あなたが騎士団のトップなのですから、少しは規律を守ってください」

苦言を呈《てい》したのは第二席のエルリックであった。

「いやあ、結構景色が綺麗《きれい》でさあ。爺《じい》も見てきたら?」

「……はあ」

やはりこの人に言っても無駄《むだ》かとため息をつくエルリック。

「ごほん、まあいい……」

ラファエルはわざとらしく咳払《せきばら》いをして話を始める。

「確かに『オリハルコンフィスト』は強力だ。だがここまではあくまで想定通り」

ラファエルはピーターの方を見る。

「はい手筈《てはず》通りに……ミハエルさんもここからはお願いしますよ」

「はーい」

ミハエルは分かっているのかいないのかよく分からない、適当な返事をしたのだった。

□□

夜。

リック達『オリハルコンフィスト』は、一度基地にしている建物の前に集まった。

本来なら場所が気づかれやすいというデメリットがあるが、あえて事前にこの時間になったら集まることを決めていた。

目的は三つ。

一つ目は今日一日の情報共有。

二つ目は、見張りを立てて交代で睡眠《すいみん》を取るため。

実際全員、三日や四日不眠不休《ふみんふきゅう》で動けるくらいの体力や魔力量があるのだが、とはいえ睡眠を取ったほうがベストコンディションになるし、減った魔力量も回復する。

そして三つ目は。

「……やっぱり、リーネットのご飯が食べられると落ち着くなあ」

いつものように皆で食事を摂《と》ることである。

今は戦いの時だからこそ、こういう平常心に戻れる時間は大事だ。

「……それにしても、皆んな普通《ふつう》に無傷ですね」

リックは焚き火《たびび》を囲み食事を取っているブロストン、ミゼット、アリスレート、ラインハルト、ゲオルグ、リーネットの姿を見てそう言った。

「ダメージ喰らったの俺だけですか」

リックはアンジェリカに切られた跡《あと》を見る。

(頼《たの》もしすぎる仲間だなあ……)

と、素直《すなお》にそんなことを思う。

「いやいや、実力的にはもうお前の方が明らかに上だろうよ」

ラインハルトがスープを木のスプーンで飲みながらそんなことを言う。

「最上位勢じゃないとはいえ『超越者』を実力で真っ向から倒したらしいじゃねえか。けっ……俺は未《いま》だにそこに行けねえってのによ」

やってられねえ、とため息をつくラインハルト。

（ラインハルトさんの本領は、一対一じゃないんだからそこまで気に病《や》むこともないと思うけど……）

まあ、とはいえリックも『大英雄《えいゆう》』に憧《あこが》れた少年だった人間だ。

サポート要員に甘《あま》んじるよりも、欲を言えば自分が一番前に出て活躍《かつやく》したいという気持ちは分からなくもないので、言わないでおく。

「この調子なら明日も行けそうですね……アイツは気がかりですけど」

リックはミハエルのことを思い出しながらそう言った。

「……いや」

しかし、ブロストンは首を横に振る。

「どうにも違和感《いわかん》がある」

「違和感ですか？」

「ああ。皆から聞いた情報を整理すると、我々に差し向けられた戦力は騎士団も『ブラックカース』も、だいたい20％ほどと言ったところだろう。かなり少ないように感じる」

ラインハルトが言う。

「慎重《しんちょう》になってるとかじゃねえか？　二日あるわけだしよ」

「むしろ『二日しかない』とオレなら考える。慎重を期して勝てる力の配分を探《さぐ》るのはいいが、『超越者』クラスが本気で逃げ回ったら捉《とら》えるのだけでも時間がかかる。むしろ、出会《であ》い頭《がしら》でいきなり全戦力を投入するほうが筋がいいように感じるのだ」

（……ああまあ、言われてみればそうだな）

リックは納得《なっとく》して頷いた。

そもそも全員倒さなくてもいいのだ。こちらの四つのうち二つを取ればそれで所有数は一番になる。

『六宝玉』を持っている可能性が高い相手を特定したら、そのうち二名に一気に戦力を投入するのが確かに効率はいい。

読みを外した時の予備の時間も確保できる。

「と言っても、理屈《りくつ》上は確率が高いからと言ってオールインを思い切れるかは別問題だからな。心理的にその決断に踏み切れなかっただけの可能性も大いにある……ただ、今夜も明日も注意しておかねばな」

ブロストンはそう言ってリーネットの持ってきたパンを齧《かじ》るのだった。

□□

翌日の朝。

「ん……」

リックは拠点にしている建物の中で目を覚ました。

隣《となり》ではリーネットがまだ寝息《ねいき》を立てている。

皆がリックとリーネットに気を利《き》かせて一つの部屋を、二人用にしてくれたのである。

「二日目か」

リックはそう言うと、リーネットを起こさないようにベッドから出た。

建物の廊下《ろうか》を歩くと、途中に通りかかる大部屋でブロストンとミゼットとアリスレートの三人が寝《ね》ていた。

ブロストンの周りには何冊もの本が、そしてミゼットの周りには酒瓶《さかびん》が散らばっていた。

食事の後も結構『ジパング』の夜を楽しんでいたようである。

建物の外に出ると。

――おはよう、リックくん。

地の底から響くような恐《おそ》ろしい声が聞こえてきた。

と言っても、最初こそ怖がってしまったリックだが、もう聞き慣れたものである。

「おはようございます。ゲオルグさん」

リックはパーティの先輩《せんぱい》である黒龍《こくりゅう》に頭を下げる。

「特に何もありませんでしたかね？」

――うん。皆が見張ってた時と同じ、騎士団も『ブラックカース』も何もしてこなかったよ。

「……そうですか」

リックは顎に手を当てて考える。

昨晩は一人ずつ交代で基地の建物の外で見張りをしていた（ご飯を食べたら早急《さっきゅう》に爆睡《ばくすい》してしまったアリスレート以外）。

リックの時も含《ふく》めて一晩襲撃《しゅうげき》は無し。

もちろんモンスターの襲撃はあり、『ジパング』の強力モンスターたちの襲撃は本来なら一大事だが、『オリハルコンフィスト』のメンバーとしては「何かあった」にカウントしていない。

（……おかげでよく眠《ねむ》れて体力は回復したけど、怪しさが増したな）

ブロストンが昨晩言っていた違和感の話を思い出す。

おそらくこの二日目……なにか確実に仕掛《しか》けてくるだろう。

リックの中で疑念が確信に変わる。

「……あれ？　そういえばラインハルトさんは？」

確かブロストンたちと同じ部屋で寝ていたはずだが、さっきはいなかった。

てっきり自分よりも早起きして、ゲオルグと話しているとリックは考えていたのだが。

――ああ、ラインハルトなら、調べることがあるって言って、先に出て行ったよ。

□□

「さてと、俺は俺で『俺たちの時代の負の遺産』を探さねえとな」

ラインハルト・ブロンズレオは、一人森の中を探索《たんさく》していた。

頭の中で反芻《はんすう》するのは、リックに報告された情報とそれを聞いてから自分で収集した情報である。

リックに報告された東部騎士団学校でのクライン学校長に使われていた『伝説の五人』しか知らないロゼッタの超高等《ちょうこうとう》術式。

しかもそこに使われたのはこれも『伝説の五人』のストライドの魔力。

そしてすでに『伝説の五人』は自分以外全員死んでいる。

（……やっぱりあるとしたら、長寿《ちょうじゅ》の種族とかか？　ダークエルフ族のバクギリスのやつなんか、未だに執念深《しゅうねんぶか》く世界征服《せいふく》とか考えててもおかしくねえし）

だがなんにせよ、『六宝玉』絡《がら》みで暗躍《あんやく》している「何者か」がいるはずである。

そしてそんなやつは間違いなく、この『六宝玉』を巡《めぐ》る最後の戦いにも絡《から》んでくるはずだ。

しかし、ラインハルトには信念がある。

『この時代の冒険《ぼうけん》はこの時代の冒険者《ぼうけんしゃ》たちのものだ』

だからラインハルト自身は『オリハルコンフィスト』の立ち上げ時期にだけ関わって、人数が揃ったところで引退していた。

基本的にこの戦いも『オリハルコンフィスト』側として戦力に加わる気はない。というか本来なら参加はしない。

だがどこかで暗躍しているであろう『自分たちの時代の負の遺産』だけは……自分が倒

す。

そう決めて、こうして単独行動で探索しているわけである。

オールラウンダーのラインハルトは、気配や魔力を察知する能力も非常に高い。これまで何度か自分と同じように早朝から行動を開始している騎士団や『ブラックカース』の連中と出会いそうになったが、回避《かいひ》して遠目から様子を見るだけにしている。

「……俺たちの時代を経験したやつは、そういう『独特の雰囲気』があるんだよな。だから見ればピンとくるはずなんだが」

そんなことをぶつぶつと呟きながら道を進んでいると……。

「二百年前の『魔王侵略《まおうしんりやく》』時代か……俺はまだ生まれていないが、調べた限り相当悲惨《ひさん》な時代だったようだな」

「!?」

ラインハルトは驚いて声のした南東の方角を見る。

森の奥《おく》から一人の男がこちらに歩いてきていた。

「……おいおい、随分《ずいぶん》と気配と魔力を隠すのが上手《うま》いじゃねえか」

「独自に研究した技術を使っている。人並みよりは隠密《おんみつ》能力は高いだろうな」

白い髪、この世界全てを冷静に見下ろすような瞳《ひとみ》。

そしてこうして目の前に来てみれば皮膚がビリビリとヒリつくほどに感じられる、凄まじい魔力の量と質。

『ブラックカース』のトップ、アビスナンバー1『龍使い』がこちらに向けて歩いて来ていた。

□□

「ミハエル様ここにいましたか」

騎士団の基地である城の庭で、特等騎士《きし》十三席のピーター・ライトは、目の前にある木の上に向かって声をかけた。

ピーターの目線の先にいるのは一人の少年。

木の枝の上に、幹に寄りかかって空を眺《なが》めている。

特等騎士の装束《しょうぞく》を着ているが、パッと見ではどこにでもいそうな少年である。

もっとも、実際はその真逆を行く人間であることをピーターをはじめ、彼《かれ》の周囲の人間

は心底理解しているが。

「……さてと」

特等騎士第一席、ミハエル・マルストピアは木の枝から飛び降りる。

スッと、音もなく着地する。

「そろそろ行こうかな」

その時。

ドオオオン!!

と、ミハエルたちの近くの地面に巨大《きょだい》な火球が降り注いだ。

そして。


——グゲエエエエエエエエエエエエエエエエエエエ!!


巨大なモンスターが上空から現れた。

「おお、これが『ジパング』のみに生息する危険度最高レベル100のモンスター、鵺《ぬえ》ですか」

現れたのは体長30mを超える……なんと表現したらいいかわからない生物である。

猿《さる》の顔、狸《たぬき》の胴体《どうたい》、前後の肢は虎《とら》、尾《お》は蛇《へび》、しかも鴉《からす》の翼《つばさ》まで生えている、一言で言えばグロテスク、そして何よりも禍々《まがまが》しい生き物である。

『ジパング』に関する調査資料は、困難すぎるためそれほど多くないのだが、この鵺こそが『ジパング』の生態系の頂点に君臨していると言われている。

実際に鵺から感じる魔力の質と量は、凄《すさ》まじいものがある。

最低でもSランクの領域には入っているだろうというのは確実……いや『超越者』級と言っても過言ではないかもしれない。

決して狭《せま》くない『ジパング』で個体数は少ないこの怪物《かいぶつ》に出くわすというのは、運がいいのか悪いのか。

明らかに鵺はこちらを食料として見ている。

……しかし。

「ふあ～。昨日楽しみで、あんまり寝られなかったから寝不足《ねぶそく》だなあ」

ミハエルはそんな怪物に殺気を向けられているのもおかまいなしに、基地の外に向けて歩き出した。

そんな一見隙だらけの獲物《えもの》を逃《のが》す馬鹿は野生生物にいない。

鵺は翼を羽ばたかせ、巨体《きょたい》に似合わぬ高速でミハエルに襲いかかる。

だが。

その時、鵺は気づいた。

自分のミハエルを蹴り殺そうとした脚《あし》が、いつの間にか消失していることに。

そして次の瞬間、その全身がまるでまな板の上で丁寧《ていねい》に細切れにした食材のように、切り分けられ中身の体液と内臓を盛大《せいだい》に撒《ま》き散らしながら、肉片《にくへん》と血溜《ちだ》まりとして地面に転がった。

「じゃあ、君の方も頑張《がんば》ってね～」

手をヒラヒラとさせて、ピーターにそんなことを言ってくるミハエル。

その姿が見えなくなったのを見送ってピーターは。

「……ふう」

一つ呆《あき》れたようにため息をついた。

「いつの時代もいるものですね……次元の違《ちが》う存在というものは……」

□□

「……噂《うわさ》はよく聞いてたが、見るのは初めてだな世界最悪の犯罪者」

ラインハルトは目の前の男に最大の警戒《けいかい》を向けながらそう言う。

「それはこちらのセリフでもある。『伝説の五人』の一人『ヤマトの親友』ラインハルト・ブロンズレオ」

『龍使い』もこちらの方を見てそう返してきた。

どうやらこちらのことは調べているようだった。

「その二つ名、納得いかねえんだよな。他のやつらは『大英雄』だの『慈愛《じあい》の女神《めがみ》』だの『魔導《まどう》聖典』だの『魔装機神《まそうきしん》』だの、凄《すご》そうな感じなのによ。なんで俺だけ『ヤマトの親友』なんだよ。おかしくねえか?」

そんな一見軽口にも聞こえるようなことを言いつつ、ラインハルトは額から冷たい汗をながす。

同じ『超越者』として、そして世界最悪の犯罪者として何度も話に聞いていた『龍使い』。

だが、実際に目の前にしてみると……。

(やべえ……こいつメチャクチャつええぞ……)

いやまあ『超越者』としての順位が自分よりずっと上にいるのだから、それは分かってはいることなのだが。

それにしてもこれほどとは……。

「本来は出会った時点で宝玉を奪《うば》い合うところだが、俺はお前に聞きたいことが……」

「『利益と対価《ドロップアンドウィップ》』!! パワーアップ!!」

自分より格上と真っ向から戦っても勝機は薄《うす》い。

なればこそ先手必勝。

「強化魔法《まほう》『瞬脚《しゅんきゃく》・厘《りん》』、『剛拳《ごうけん》・京』!!」

二つの強化魔法を使い、高速移動、からの一切《いっさい》加減なしの全力右ストレート。

ドゴオ!!

と、『龍使い』の体に見事に直撃した。

……しかし。

「出会い頭で決めたいと思ったからこそスピードを上げた代わりに肝心《かんじん》の腕力《わんりょく》が落ちている……聞いていた通り、単体だと使い勝手の悪い『固有スキル』だな」

なんと『龍使い』の体から肋骨《ろっこつ》が飛び出してきて、ラインハルトの拳を受け止めていた。

「お前、どうなってんだよその体……」

「スケルトン種の骨格操作能力だ。俺の『飢食生命《グリードサピエンス》』は喰《く》らったモンスターの能力を自分のモノにすることができる」

「ちっ、便利な能力だな……羨《うらや》ましい限りだ」

舌打ちをするラインハルト。

「羨むのはいいが、戦術が中途半端《ちゅうとはんぱ》なのはよくないな。一撃《いちげき》で勝負をつけたいなら最高火力の『剛拳・穣《じょう》』を使うべきだ。魔力や体力の消費を考えると、失敗した時に後に響《ひび》くが『一撃で決める』と決めたのだろう？　その辺りの踏《ふ》み込《こ》みの甘さが実力的に『超越者』に一歩及《およ》ばない原因の一つじゃないか？」

「……大きなお世話だこのやろう」

無駄に的確に痛いところをついてくるやつである。

そんなことを思っている間に。

スッと、『龍使い』がこちらに指先を向けてきた。

（……マズイ!!）

ラインハルトの細胞《さいぼう》が危険信号をかき鳴らした。

身体に防御《ぼうぎょ》用の魔力を纏《まと》わせる。

「第一界綴魔法《かいていまほう》『フレイムショット』」

次の瞬間《しゅんかん》。

ドゴオオ!!

と高さ30m近い巨大な火柱が吹き上がった。

「ごはっ⁉」

軽々と吹っ飛ばされるラインハルト。

（……第一界級魔法の無詠唱《えいしょう》でなんて威力《いりょく》してやがる⁉）

少なくともSランク最上位クラスの基礎《きそ》能力を持つラインハルトに、かなりのダメージを与《あた》えている。こんなことは本来ありえないが、それだけ目の前の男の魔力量や魔力操作能力が化け物じみて高いということだろう。

「……さすがは『超越者』の最上位勢ってことかよ」

（……クソ、やっぱり俺が戦ってもかなりキツイ。ここは隙を作って逃《に》げるなり時間を稼《かせ》いで、加勢に来てもらうなりしねえと）

そんなことを思っていると。

「まあ、待て。ラインハルト・ブロンズレオ。さっきも言ったがお前に聞きたいことがある。ヤマトと共に最後まで戦ったお前にな」

「……聞きたいことだと？」

「『根源の螺旋《らせん》』と『アカシックレコード』の正体についてだ」

思わぬその言葉に、ラインハルトは目を見開く。

「お前も俺と同じ固有スキル持ちだから聞いたことがあるはずだ。固有スキルを獲得《かくとく》した時に聞こえる『無機質の声』を」

「……そうだな」

そう。リックも話を聞くとそうだったが固有スキルに目覚めたものは、最初にその『無機質な声』に固有スキルの獲得と、その固有スキル名を告げられるのである。

理由はわからないし正体も分からないそれは、大陸正教では『神の声』などと言われていたりするのだが……。

「俺の推測では『無機質な声』の発生源は『アカシックレコード』だ」

ラインハルトの額から顎にかけてツーと汗が伝う。

『龍使い』は言葉を続ける。

「そして『アカシックレコード』は……」

あとがき

皆さんお久しぶりです。岸馬きらくです。

いよいよ始まりました『宝玉大戦』編、この十四巻で物語は終盤に突入します。

これまで出していなかった情報なども含めて、色々と明かされていくことになると思うので楽しみにしていただければと思います。


さて、この巻が出ている頃にはたぶん、アニメが放送されている頃だと思います。

僕はアニメはＯＰとＥＤから見て、視聴しようか決めるのですが新米オッサンのアニメは両方ともいい感じです。

特にエンディングテーマの方の歌詞は素晴らしいですね。

リックの冒険者になろうかどうか悩んでいる気持ちや、踏み出した後の気持ちが非常に上手く書かれています。

もちろんオープニングもパワフルでストレートで胸が熱くなりますね。

僕が新米オッサンを知らない人間だったとしても、どちらかを聞いた時点で視聴が確定すると思います。

さて、せっかくアニソンの話をしたので、岸馬的なアニソン論を書いてみようかなと思います。

実は岸馬、本編は見なくても特にここ数年はオープニングとその映像だけは放映されているほぼ全てのアニメを見ている変わり者なのです（エンディングも大体は見てるはずです）。

僕が重視しているのは三点ありまして。

・曲そのものとしての良さ
・作品とのリンク度の高さ
・映像が曲とマッチしているか

この三つのポイントか全て押さえられているオープニングやエンディングが、岸馬としては高評価となります。

さらに追加のポイントとして「アニメっぽいか」と言うのもあるのですが、これは一旦置いておいて。

ここ最近の作品で言うと、ＳＨＹの第1期オープニングテーマ「Shiny Girl」が最高でした。

曲そのものももちろんいいですが、作品とのリンク度と映像が曲とマッチしているかという面で圧倒的だったと思います。

主人公の内気だけど誰かを救いたいという熱い気持ちが、曲歌詞映像の全てで表現されていて、「これはいい」と思わず最初に聞いたとき唸ってしまい、そのまま東京に向かうまでの車の中で二時間聞き続けてました。

気になった方は、是非オープニングを見てみてください。

少し長く他の作品の話をしてしまいました。

話を新米オッサンに戻しますと、これからあと数巻で新米オッサンは完結する予定です。

ここまで来れたのも読者の皆様のおかげです。

ありがたいことに原作もかなり売れているみたいで、こうして最後まで書き切ることができそうです。

皆様の期待に応え、ラストスパートでガンガンにバトルや展開が加速していきます。是非最後までお付き合いいただければと思います。

ただそうなると大変なのが、漫画にする時の作画だったりするのですが……まあ荻野さんは天才なので大丈夫でしょう。なんだかんだ凄いものを作って、僕も読者も楽しませてくれるだろうと思っています。

あとｔｅａさんもデザインが必要なキャラクターが今回は桁違いに多いので、大変苦労をかけることになりそうです。

いつもありがとうございます。

担当編集さんも、アニメの仕事なども入って忙しそうなのでいつも支えてくれてありがとうございます。

さて次は十五巻。

これまで『オリハルコンフィスト』は無敵の集団で、大半の相手は格下でした。ですがいよいよ、同等以上の力を持つ圧倒的な強者との戦いが始まります。

リックの奮闘にご期待ください。

それでは、また次の巻でお会いしましょう!!

小説第⑪巻は2024年11月発売！
作画 大前貴史 原作 明鏡シスイ キャラクター原案 tef
2
信じていた仲間達にダンジョン奥地で殺されかけたが
ギフト『無限ガチャ』で
レベル9999の仲間達を手に入れ
元パーティーメンバーと世界に復讐&『ざまぁ！』します
週刊少年マガジン公式アプリ
「マガポケ」にて
好評連載中!!
コミックス
最新第⑫巻も
好評発売中！
第⑬巻は8月7日発売!!
作画：大前 貴史
原作：明鏡シスイ キャラクター原案：tef

信じていた仲間達にダンジョン奥地で殺されかけたが
ギフト『無限ガチャ』で
レベル9999の仲間達を手に入れて
元パーティーメンバーと世界に復讐&
『ざまぁ!』します!
「小説家になろう」
四半期総合ランキング
第1位
(2020年7月9日時点)
①～⑩巻
好評発売中!!
レベル9999で
圧倒的無双!!!!!
明鏡シスイ
イラスト/tef

コミカライズも連載中の
スナイパー英雄譚！
著／かたなかじ
イラスト／赤井てら
漫画：瀬菜モナコ
原作：かたなかじ　キャラクター原案：赤井てら
発売予定!!

魔眼と弾丸を使って
異世界をぶち抜く!
第20巻 2024年夏

HJ NOVELS
HJN36-14

新米オッサン冒険者、最強パーティに死ぬほど鍛えられて無敵になる。14

2024年7月19日　初版発行

著者――岸馬きらく

発行者―松下大介
発行所―株式会社ホビージャパン
〒151-0053
東京都渋谷区代々木2-15-8
電話　03(5304)7604（編集）
　　　03(5304)9112（営業）

印刷所――大日本印刷株式会社

装丁――WIDE／株式会社エストール

ISBN978-4-7986-3590-3　C0076

ファンレター、作品のご感想お待ちしております

〒151－0053　東京都渋谷区代々木2－15－8
(株)ホビージャパン HJノベルス編集部 気付
岸馬きらく 先生／Tea 先生